目次

下谷通新町
浅草寺
吾妻橋
鳥越神社
本所一つ目
元骨董屋『大和屋』
駒形町
大川
亀沢町
畳屋『勝又』
両国橋
浜町掘
新大橋
北森下町
呑み屋『うさぎ』
八丁堀
永代橋
深川
富岡八幡宮
北
西
東
南

「隠し絵」の舞台

谷中
不忍池
湯島天神
神田明神
新黒門町
神田川
筋違橋
駿河台
江戸城
北町奉行所
南町奉行所
新両替町
数寄屋橋
木挽橋
木挽橋の袂
そば屋『梅の庵』
増上寺
神明町

第一章　十二支

一

早朝、青柳剣一郎《あおやぎけんいちろう》は谷中《やなか》の善正寺《ぜんしょうじ》山門をくぐった。木枯らしが吹きつけ、凍《い》てつくような寒さだ。

手水場《ちょうずば》で水を入れた桶《おけ》を提げ、本堂の横をまわり、鬱蒼《うっそう》とした樹林を抜けた。葉を落とした枝が微《かす》かに震えていた。

剣一郎は青柳家の墓の前にやってきた。先祖代々の墓であり、父も母も、そして、僅《わず》か十九歳で生涯を閉じた兄も入っている。

「兄さん。会いに来た」

剣一郎は墓石に向かって声をかけた。

兄が健在であれば、今の剣一郎はなかった。兄は有能な男だった。その兄が不幸に遭《あ》うのは理不尽だった。

兄と外出した帰り、ある商家から引き上げる強盗一味と出くわした。そのときのことを思うたびに、剣一郎はいまだに胸が張り裂けるような痛みに襲われる。おそらく、死ぬまで消えぬ悔恨である。

与力《よりき》見習いの兄は敢然《かんぜん》と強盗一味に立ち向かって行った。だが、剣一郎は真剣を目《ま》の当たりにして足がすくんでしまった。

三人の強盗を倒した兄は四人目の男に足を斬られ、うずくまった。兄の危機を、剣一郎は助けに行くことが出来なかった。

兄が斬られてはじめて剣一郎は逆上し、強盗に襲いかかったのだ。あのとき、剣一郎がすぐに助けに入っていれば、兄が死ぬようなことはなかったのだ。その後悔が剣一郎を生涯苦しめることになった。

兄が死んだために、剣一郎は青柳家の跡を継ぐことになった。そして、多恵《たえ》と結ばれ、剣之助《けんのすけ》、るいとふたりの子にも恵まれた。

だが、今の剣一郎の境遇は本来は兄のものなのだ。当時、兄にはりくという許嫁《いいなずけ》がいた。順当にいけば、ふたりは祝言を挙げ、兄は父の与力職を継いでいたことであろう。そうなっていたら、いまの南町《みなみまち》奉行所に剣一郎の存在などなかった。

与力になったばかりの頃、剣一郎はたまたま町を歩いていて押込みに遭遇した。単身で踏み込み、数人の賊《ぞく》を退治した。そのとき頬《ほお》に受けた傷が青痣《あおあざ》となって残ったが、それは勇気と強さの象徴として人々の心に残り、その後数々の難事件を解決に導き、江戸の町の平穏と安心を守っていく姿に、町の者は畏敬《いけい》の念を込めて青痣与力と呼んでいる。

しかし、単身で踏み込んだのは決して勇気からではなかった。兄への負い目から逃れようと無謀な真似をしただけだ。

剣一郎にはいつも兄がついていた。兄が剣一郎を押し上げてくれているようだ。自分は兄といっしょに生きているのだと思っている。

長い時間、墓前に佇《たたず》み、ようやく立ち上がった。剣一郎は編笠をかぶり、父と母、そして兄に別れを告げ、墓前を離れた。

寺を出て、坂道を下ると、下から上ってくる棒手振《ぼてふ》りに出会った。十七、八歳ぐらいの男が立ち止まって荷を下ろした。籠《かご》には野菜がたくさん入っていた。

若い男は空を見上げた。しばらくして、ふと涙を拭《ぬぐ》ったような気がした。

「坂道をごくろうだな」

擦れ違うとき、剣一郎は思わず声をかけた。

「へえ、待ってくれているお客さんがいますので、苦にはなりません」

若々しい声だが、幾分沈んでいた。

「何かあったのか」

「えっ？」

「泣いていたような気がしたので」

「すみません、お見苦しいところを」

若い男は謝った。

「どうしたのだ」

「別に」

「すまぬ。よけいなことをきいたようだ」

「いえ」

若い男は首を横に振って、

「じつはあの白い雲が親父の顔に見えて」

「親父さんは？」

「三年前に亡くなりました」

「そうであったか。患《わずら》っていたのか」

「ええ、まあ。正直言って、親父を嫌っていました。大酒呑みで、怠け者で……。でも、思いだすと、なぜか涙が出るんです」

「そうか。ほんとうは親父さんが好きだったのだろう。親父さんもそなたのことを愛おしく思っていたにちがいない」

「………」

「いや、深入りしてすまなかった」

「失礼でございますが、もしや青柳さまでは？」

若い男は編笠の中を覗《のぞ》き込むようにしてきいた。

「いかにも」

「これは失礼いたしました。新助《しんすけ》と申します。青柳さまにお声をかけていただいて元気が出ました。ありがとうございました」

「親父さんのためにもしっかりとな」

「はい」

新助は元気な声で返事をし、再び天秤棒を担《かつ》いだ。

両側に寺が並んでいる坂道を上がって行く新助を見送って、剣一郎は坂道を下った。左手の上野山内《うえのさんない》の高台に寛永寺《かんえいじ》の五重塔が見え、右手に大名の下屋敷が、眼下に不忍池《しのばずのいけ》が望めた。供を連れた武士や僧侶が歩いている。

坂道を下り、武家地を抜けると、不忍池が目の前に見えてきた。池の水は凍《こお》りついたように波も止まっていた。

池の真ん中に突き出ている弁財天《べんざいてん》の参道に、師走《しわす》だからかたくさんのひとがいた。

下谷広小路《したやひろこうじ》から御成道《おなりみち》に入り、筋違橋《すじかいばし》を渡ったとき、川の下流のほうに人だかりを見つけた。定町廻《じょうまちまわ》り同心《どうしん》の植村京之進《うえむらきょうのしん》の姿があったので、そこに向かった。

野次馬の先にひとが倒れているのがわかった。

剣一郎はひとの間を縫《ぬ》って川っぷちに下りた。

「青柳さま」

京之進が気づいた。

「殺しか」

「はい、心ノ臓をひと突きにされています。どうぞ、お検《あらた》めを」

京之進に勧められ、剣一郎はホトケの前に出た。

殺しの探索は剣一郎の役目ではないが、念のために検めることにした。万が

一、手を貸すことになった場合に備えてだ。
「どうぞ」

小者が莚《むしろ》をめくった。

編笠をとり、剣一郎は膝《ひざ》をついて合掌《がっしょう》した。

ホトケは三十半ばぐらいだろう。面長で、鼻が高い。

心ノ臓にまっすぐ刀でひと突きされている。正面から襲われ、逃げる間もなかったようだ。

「刺されたのは昨夜だな。ここは真っ暗だったはずだ。下手人は顔見知りかもしれない。逃げようとした気配がない。まったく油断していて、正面から突き刺されたのだろう」

剣一郎はそう推し量った。

「盗られたものは？」

「財布はありました。盗みが狙いではありません」

「身許《みもと》は？」

「まだです。でも、財布に『馬之助《うまのすけ》』と書いてありましたから、すぐわかると思います」

「名前だけでわかるか」

「ええ」

京之進が表情を曇《くも》らせた。

「じつはふつか前にも、浜町堀《はまちょうぼり》で男が殺されました。やはり、心ノ臓をひと突き」

「同じ手口か」

「そのようです」

「身許は？」

「小間物の行商人で亥之助《いのすけ》という二十八歳の男です。高砂町《たかさごちょう》の長屋に住んでいました」

「そのホトケも何も盗まれていなかったのか」

「はい。怨恨と思われます。おそらく、下手人は亥之助と関わりのある人物でしょう。ですから、亥之助の周辺を探れば、すぐわかるかと」

「なるほど」

剣一郎は頷《うなず》き、

「邪魔をしてすまなかった」

と、その場を離れた。

ふつか後の夕方、剣一郎は奉行所から八丁堀《はっちょうぼり》の屋敷に帰った。

着替えを終えると、手伝っていた妻女の多恵が、

「きょう、男のひとが、おまえさまに見てもらいたいものがあると……」

と、切り出した。

「油紙に包んだものです。画《え》のようです」

「画?」

剣一郎は首を傾《かし》げた。

居間に行くと、多恵が油紙に包まれた薄いものを持ってきた。

「これです」

剣一郎は包みを解いた。

錦絵《にしきえ》が出てきた。

人里離れた庵《いおり》だろうか、擬人化《ぎじんか》された動物たちが集まっている。床《とこ》の間《ま》を背に羽織姿の竜、両脇に奉公人らしい馬と猪《いのしし》。向き合うように頬被《かぶ》りをし、尻端折《しりはしょ》りをした猿《さる》と蛇。両者の間に黄金に輝く茶釜。廊下に半纏《はんてん》を着た職人ふうの牛、

庭に箒《ほうき》を持った虎。

襖《ふすま》を隔てた隣の部屋から武士の鳥、家来らしい犬、鼠《ねずみ》が覗いている。さらに垣根の外から、笠をかぶり三味線を抱えた女太夫《おんなだゆう》が見ていた。兎《うさぎ》のようだ。竜は辰《たつ》、馬は午《うま》、猪は亥《い》……。動物は十二支のようだが、十一匹しかおらず、羊が描かれていなかった。が、隅に「未《み》」の文字がある。

「これを持ってきたのはどんな男だったか」

剣一郎は口にする。

「はい。三十過ぎの、長身の細面で、目が大きく、鼻筋の通った男のひとです。色白で、堅気《かたぎ》のお方だと思います」

多恵の観察眼は鋭い。

「何か言っていたか」

「ただ、青痣与力に渡してもらいたいとだけ。そうそう、あと妙なことを」

「妙なこと？」

「馬と猪に目を向けるようにと」

「馬と猪だと？」

「はい」

剣一郎は再び画を見た。

床の間を背に羽織姿の竜がいて両脇に馬と猪がいる。馬と猪は目の前にある黄金の茶釜を見ている。

他の動物たちと特に描き方が違うことはない。

十二支を擬人化した錦絵は昔からある。十二支を擬人化した動物たちによる歌合わせや、十二支とそれ以外の動物たちの合戦を描いた『十二類絵巻』などだ。おそらく、これを描いた絵師はそれを真似たのだろう。

しかし、この画は何を描いているのかよくわからない。羽織姿の竜は大店《おおだな》の主人のようだ。頬被りをしていることから、尻端折りをした猿と蛇は盗人《ぬすっと》なのか。

「馬と猪か」

呟《つぶや》いたあと、剣一郎ははっとした。

柳原《やなぎわら》の土手で殺された男は馬之助という名だった。その前日に浜町堀で殺されたのは亥之助……。

馬と猪。この画と関係があるのか。

いや、十二支からつけられたひとの名も多い。だから、偶然だろう。たったふたりだけで、関連を疑うのは正しいとはいえまい。

ただ、この画を届けた男の意図だ。

夕餉《ゆうげ》をとり、居間に戻ってから再び画を見つめた。これは十二支を描いているが、羊がいない。ただ、画の隅に「未」の文字。これは羊だ。絵師の名だとしたら、絵師を含めて十二支ということになる。

「青柳さま」

庭から声がした。

剣一郎は障子を開けた。庭先に太助《たすけ》が立っていた。

「寒いだろう。上がれ」

「へい」

太助は部屋に上がった。

剣一郎は手焙《てあぶ》りを太助のほうに押しやる。

「すみません」

太助は猫の蚤《のみ》取りやいなくなった猫を探すことを商売にしている。子どもの頃に剣一郎に励まされたことがあり、そのことを恩義に思っていた。ある縁から剣一郎の手先としても働くようになり、頻繁《ひんぱん》に屋敷にも顔を出している。多恵も明るい太助を気にいり、我が子のように思っていた。

「それ、なんですか」

太助が画に目を留めた。

「見てみろ」

剣一郎は画を見せた。

「では」

太助は画を手にした。

「十二支ですね。でも、十一匹しかいません。あっ、羊が足りない」

「右下に未と書いてある」

「ありました。ひょっとして、これを描いた絵師の名ですか」

「そうだろう。何を描いてあると思う？」

剣一郎は太助に意見を求めた。

「黄金の茶釜を盗んだ盗人の猿と蛇が主人の竜に詫《わ》びを入れているんでしょうか。隣の部屋にいる武士の鳥、家来らしい犬、鼠はその茶釜を狙っているんじゃありませんか」

「なるほど、黄金の茶釜を巡っての争いか」

「気になるのは垣根の外にいる兎です。この兎も茶釜を狙っているのか。単なる通りがかりの者か。でも、女の名で兎がつくのはなんでしょうか。女太夫が持っている三味線の胴に張られているのは猫の皮でしょうし」

太助は疑問を口にした。

「そうよな。十二支に整えるためにあえて兎を描いたのかもしれない。無関係だから垣根の外にしたのかもしれぬ」

「青柳さま。この画がどうかなさったのですか」

「今日の昼間、わし宛てに届けられたのだ。多恵が預かったが、相手は三十過ぎの堅気の男だそうだ。何のためにわしに寄越したのか理由はわからない」

剣一郎は首を横に振った。

「その男はわしに馬と猪に目を向けるよう多恵に言づけた」

「馬と猪ですか」

太助はもう一度画に目を落とした。

「馬と猪は竜の奉公人ですね。どこも変わった感じはしませんが」

「じつは、この五日以内に、浜町堀で亥之助、柳原の土手で馬之助という男が殺された」

「亥之助に馬之助ですって」

　太助がきき返した。

「この画を届けた男は亥之助と馬之助が殺されたのを知って、あわててわしに届けたのかもしれぬ」

「この画の中に下手人が？」

「そうだ。いるはずだ。亥之助と馬之助は共に刀で心の臓をひと突きされていた。殺《や》ったのは侍だ」

「では、鳥、犬、鼠のいずれか」

「そういうことになる」

「亥之助と馬之助のことがわかれば、案外と早く十二支全部が誰かわかりますね」

「あくまでも仮定の話だが……」

　剣一郎はふと思いついて、

「名に未の文字がある絵師を探してもらえぬか」

「わかりました」

　そのとき、何か音がした。

　剣一郎は太助の顔を見た。

太助が俯《うつむ》いたとき、また呻《うめ》くような音が聞こえた。太助の腹の虫が鳴いたのだ。

「すみません」

「太助、飯を食ってこい」

「いえ、まだだいじょうぶです」

「我慢するな。多恵が呼びに来る前に行ってこい」

「わかりました」

　太助は部屋を出て行った。

　剣一郎は改めて画をじっと見つめた。この画は何かを訴えている。だが、それを探るためには手掛かりが少な過ぎた。

　剣一郎はいつまでも画にとらわれていた。

二

　翌日、奉行所に出仕した剣一郎は同心詰所に使いをやり、京之進を呼んだ。

「青柳さま、お呼びで」

「うむ。柳原の土手のホトケの身許はわかったか」

「はい。神田岩本町《かんだいわもとちょう》に住む馬之助という男でした。莨《たばこ》売りです。浜町堀で殺された亥之助とは行商の途中でよく会っていたそうです」

「下手人の目星は？」

「まだはっきりとは言いきれませんが、ふたりに共通点があることがわかりました」

京之進はそう切り出した。

「馬之助も亥之助もひとから恨まれるような男ではありませんが、ふたりには借金がありました」

「借金？」

「はい。ふたりとも、五兵衛《ごへえ》という男から金を借りているんです。亥之助は稼いだ金を博打《ばくち》に、馬之助は女に使っていたようです」

「馬之助の女というのは？」

「湯島天満宮《ゆしまてんまんぐう》の近くにある料理屋『宮川《みやがわ》』のおやすという女に入れ揚げていました」

京之進は続けて、

「ふたりはいずれも金貸し五兵衛から金を借りていることから、五兵衛に事情をきいてみました。亥之助には三両、馬之助には五両を貸してあるそうです。でも、期日までに返せず、ふたりともいずれまとめて返すとのらりくらりと返済を延ばし、利子も積み重なっていったようです」

「ふたりのところに取り立ての男が出向いているか」

「そこまではいっていないようです」

「そうか」

剣一郎は首を傾げた。

「青柳さま、何か」

京之進が不安そうにきいた。

「これを見てくれ」

剣一郎は懐《ふところ》から丸めた画を取り出した。

油紙を解いて、京之進は不思議そうに見た。

「十二支ですか」

「そうだ。昨日、わしの留守中に三十歳過ぎの男がこれを届けに来た。そのとき、男は、馬と猪に目を向けろと言っていたそうだ」

「馬と猪ですか」

「まさに殺されたのは馬之助と亥之助だ。この画では羽織姿の竜の横に馬と猪がいる」

「………」

京之進は口を半開きにした。

「もちろん、馬之助と亥之助が殺されたのと、この画が関わりあるとは限らない。十二支の動物からとった名前はたくさんある。たまたま馬と猪が名前に入っている男が殺されたのを知った何者かが、この画と関連づけて考えさせようとしたのかもしれない。いや、下手人が探索の攪乱《かくらん》を狙って、わしに寄越したとも考えられる」

剣一郎は厳しい顔になって、

「ただ、気になるのはこれからだ」

「これから?」

「新たな殺しが起きないか。そして、犠牲者の名に十二支が……」

「この画に沿って殺しが続くと?」

京之進は啞然《あぜん》としたようにきく。

「そんなことはないと思うが、ただ、この画をわしのところに持ってきた男の意図がわからない」

「それにしても、これは何を描いているのでしょうか。頰被りの猿と蛇は盗人のように思えますが」

「うむ。盗んだ黄金の茶釜を竜の主人に返しにきたところかもしれない」

「この画は何を訴えているのでしょうか」

「わからない。ともかく、この画のことを頭に入れておいてくれ」

「畏《かしこ》まりました」

京之進が頭を下げて去って行った。

しばらくして、風烈廻り同心礒島源太郎《いそじまげんたろう》と大信田新吾《おおしだしんご》が剣一郎のところにやって来た。

「青柳さま。出かけて参ります」

源太郎が声をかける。

「ごくろう。気をつけてな」

強風が吹く日は風烈廻り与力の剣一郎も見廻りに出るが、普段は源太郎と新吾のふたりが小者を連れて出ている。

冬は北ないし北西の風が吹くことが多く、これまでも、北西の風のときに大火になっている。

この時期は火事が多く、大火になりやすいので十分な警戒が必要だった。失火だけではなく、火付けをする不届き者もいるのだ。

ふたりを見送ったあと、見習い与力がやって来た。

「宇野《うの》さまがお呼びにございます」

部屋の前で、膝をついて言う。

「わかった」

剣一郎はすぐに年番方《ねんばんかた》与力の清左衛門《せいざえもん》の元に赴《おもむ》いた。

「宇野さま。お呼びで」

文机に向かっていた清左衛門に呼びかけた。

清左衛門は机の上の帳面を閉じて威厳に満ちた顔を向けた。金銭面も含めて奉行所全般を取り仕切っている、奉行所一番の実力者である。

「また、長谷川《はせがわ》どのがお呼びなのだ」

清左衛門は渋い顔をした。

内与力の長谷川四郎兵衛《しろべえ》のことだ。内与力はもともと奉行所の与力ではなく、お奉行が赴任と同時に連れて来た自分の家臣である。

　四郎兵衛はお奉行の威光を笠に着て、態度も大きい。ことに、剣一郎を目の敵《かたき》にしている。そのくせ、何かあると剣一郎を頼るのだ。

「何かまた、とんでもないことを言いつけるのであろう」

　清左衛門と共に内与力の用部屋の隣にある部屋に行くと、待つほどもなく長谷川四郎兵衛がやって来た。

「ごくろう」

　剣一郎は低頭して迎えたが、四郎兵衛は軽く会釈をしただけだ。

　四郎兵衛は腰を下ろしたが、目を伏せたまま、なかなか顔を上げようとしなかった。

「長谷川どの。いかがした」

　清左衛門が不審そうに声をかけた。

「いや」

　四郎兵衛はようやく顔を上げ、

「じつはお奉行の親友であられる旗本大貫佐賀守《はたもとおおぬきさがのかみ》さまの屋敷から『芝夢《しばゆめ》』という天目茶碗《てんもくぢゃわん》が盗まれた」

「『芝夢』？」

清左衛門がきき返す。

「その値打ちは一千両とも言われている美濃焼《みのやき》の天目茶碗で、世に三つしかないという最高級の曜変《ようへん》天目茶碗にも引けをとらないものらしい」

「それほどのものがあったのか」

清左衛門は驚く。

「いつ盗まれたのですか」

剣一郎はきいた。

「わからない」

「わからない？」

「ここふた月か三月《みつき》か」

四郎兵衛は厳しい顔で続ける。

「毎年、大貫家では暮れに茶会があり、そこで『芝夢』で客人に茶を振る舞うことになっている。そのために、三日前に土蔵から『芝夢』を取り出し、調べたところ、偽物にすり替えられていたそうだ。前回は八月十五日の中秋《ちゅうしゅう》の名月に使った。したがって、そのあとから三日前までの間に盗まれたものと思える」

大貫佐賀守は三千石の旗本だ。

「その間、お屋敷内に何か変わったことはありませんでしたか」

「何もないそうだ」

「確かに、土蔵に納めてあったのですね」

「間違いないそうだ」

四郎兵衛は言い切ってから、

「そこで青柳どのに探索してもらいたい」

と、命じるように言う。

「…………」

「ただし、『芝夢』がなくなっていることは一部の者しか知らない。おおっぴらな探索は控えてもらいたいということだ」

「他の奉公人に知られたくないということですね」

剣一郎は確かめる。

「そうだ」

「長谷川どの」

清左衛門が口をはさむ。

「いくら青柳どのとて、大貫さまのお屋敷で自由に調べられるわけではない。それでは何も出来ない」

「大貫家の古川又四郎《ふるかわまたしろう》という家来が青柳どのの手足となる。大貫家内の調べは古川又四郎を使って行なえる」

「しかし、何も青柳どのにやってもらうほどのことではありますまい。町廻りの誰かにやらせれば……」

「先方の望みだ」

四郎兵衛が顔を歪《ゆが》めて言う。

「先方？」

「大貫佐賀守さまだ。お奉行に大貫さまから青柳どのに探索をしてもらえないかと申し入れがあったのだ。お奉行はお聞き入れになった」

「なんと」

清左衛門は呆《あき》れたように言う。

「わかりました。お引き受けいたします」

剣一郎は請け合った。

「長谷川どの。どんな名器か知らないが、わざわざ青柳どのに茶碗探しをさせるわけにはいかない。お奉行は登城された。お奉行に掛け合ってくる」

「帰ってきてから言う」

「大貫さまのたっての所望だ」

「宇野さま。私がやります」

「しかし……」

清左衛門はぶつぶつ言っていたが、

「青柳どのがそれでよければいいが」

と、折れたようだ。

「では、頼んだ。あとは、古川又四郎どのと相談してやってもらいたい。古川どのには昼下がりに木挽橋《こびきばし》の袂《たもと》にある『梅の庵《うめのあん》』というそば屋の二階にきてもらうように話をつけてある」

「もうそこまで手筈《てはず》を……」

清左衛門は苦い顔をした。

「青柳どの。頼んだ」

四郎兵衛は立ち上がってから、

「暮れの茶会までに必ず『芝夢』を取り戻すように」

と言って、部屋を出て行った。

「なんという御仁だ」

清左衛門は顔を歪めた。

「青柳どのは町のひとびとのために働いているのだ。ひとつ何百両という茶碗とはいえ、たかが旗本の道楽だ。そのための探索に使われるなんて」

「宇野さま」

剣一郎のほうがかえってたしなめる。

「盗みを働いた者がいるのは事実です。それを許してはおけません」

「うむ。なんかいまいましいが、青柳どのがそれでいいなら……」

清左衛門はまだ憤然としていた。


昼下がり、剣一郎は木挽橋を渡ったところにある『梅の庵』の戸を開けた。小上がりに何人か客がいて酒を呑んでいた。

亭主が近づいてきて、

「青柳さま、お二階でございます」

と、声をかけた。

「うむ」

剣一郎は頷き、奥の階段を上がった。

二階の小部屋に入ると、三十歳ぐらいの色白の侍が待っていた。

「これは青柳さままで。私は大貫佐賀守家来、古川又四郎と申します」

又四郎は手をついて挨拶《あいさつ》をした。

「青柳剣一郎です」

剣一郎は向かいに腰を下ろして名乗った。

「このたびはご面倒なお願いをいたしまして申し訳ありません」

「古川どののお役目は？」

「近習《きんじゅ》です。殿のそばにお仕えしております。このたびのことで青柳さまをお頼りしましたのも殿の希望でして。かねてより、青柳さまのご高名を聞き及んでおり、ぜひにと」

「さっそくですが、詳しい話を」

「わかりました」

又四郎は居住まいを正して口を開いた。

「『芝夢』という天目茶碗は先々代から受け継がれている家宝にございます。先々代がどういう経緯で『芝夢』を手に入れたのかはわかりませんが、大貫家では毎年、中秋の名月と暮れに、茶会を催してお客さまに殿が自ら点《た》てたお茶を『芝夢』で堪能《たんのう》していただいています」

又四郎は息継ぎをし、

「今年の中秋の名月にも茶会が開かれて、無事に『芝夢』を皆さまにご披露申し上げました。茶会のあと、『芝夢』が土蔵に納められたのを私も立ち合って確かめています。そして、先日のことです。暮れに行なわれる納めの茶会のために『芝夢』を確かめたところ、なんと偽物に替わっていたのです」

「中秋の名月のあとに土蔵に仕舞い、先日確かめるまでおよそ三月ありますね。その間に、『芝夢』は誰の目にも触れていないのですね」

「そうです」

「土蔵には他の用で、どなたかが何度も出入りをしているのでは？」

「はい。出入りをしています」

「出入りが出来た者は、『芝夢』を持ちだすことは可能なのでは？」

「いえ。土蔵の中に、もうひとつ鍵のついた小部屋があり、そこに貴重なものを保管しています」

「すると、土蔵の鍵と小部屋の鍵のふたつがなければ『芝夢』を盗み出せないというのですね」

「そうです。土蔵の鍵はご家老が預かっていて、ご家老から土蔵の鍵を借りられるのは三人だけです」

「三人？」

「はい。それが鍵役で、土蔵の責任者です。鍵役は、ご家老から土蔵の鍵を借りるときは帳面に名を書き入れることになっています。鍵役は土蔵に入る者たちを監視する責任があります。土蔵で何か不始末があったら、鍵役の責任になりますので、出入りをする者に厳しい目を向けています」

「なるほど。で、いつ誰が土蔵に入ったかはわかるというわけですね。でも、鍵役とて十分に監視出来るわけではないのでは？」

「仰《おっしゃ》るとおりです。ですが、さらに小部屋に入るには用人どのから鍵を受け取らねばなりません。その鍵を用人どのは誰にも貸し出していないのです」

又四郎は厳しい顔で言う。

「それで、古川どのは外の者、すなわち盗人の仕業だと考えておられるのですね」

「そうです。土蔵に鍵なくして入り、さらに小部屋の鍵を開けることが出来る盗人の仕業ではないかと思っています。それも茶器に詳しい者です」

「詳しい者というのは？」

「土蔵には他に名だたる茶器があるにもかかわらず、その中から『芝夢』だけを盗み出すには、『芝夢』のことに詳しくないと難しいと思います」

「茶器を納めた桐《きり》の箱には『芝夢』とは書いていないのですか」

「万が一に備えて、全く違う名を記してあります。ですから、いくつもある中から『芝夢』を盗み出すには、桐の箱の中身をいちいち確かめていかなければなりません。盗人は茶器が『芝夢』だとわかって盗んだのです」

「盗人の仕業だとしたら、はじめから『芝夢』を狙ってのことですね。たまたま盗んだのが『芝夢』だったということは？」

「そういうこともあるかもしれませんが……」

又四郎は首をひねった。

「他の桐の箱の紐を解いた形跡はあったのですか」

「元通りに結《ゆ》わいてありました」

「中を見たあとに結わき直したと？」

「そうだと思います」

「そもそも盗人は、大貫家に『芝夢』があることを知っていたことになりますね」

剣一郎はきいた。

「はい。茶会にいらした方々は皆知っていますから、我が屋敷に『芝夢』があることは何らかの形で耳に入っていたと思います」

「それが土蔵にあることもですね」

「ええ」

又四郎は答えてから、

「青柳さま。何かご不審が？」

「『芝夢』が盗まれたことに気づかなかったということは、そもそも土蔵に盗人が忍び込んだことさえわからなかったということですね」

「ええ、荒らされた形跡はありませんでした」

「盗人は『芝夢』が小部屋にあることを知っていたということですね」

「ええ」

「それは周知のことなんですか」

「いえ、外部の者が知るはずはありません」

「すると、盗人は内部の誰かから聞いたことになりますね」

「…………」

又四郎は顔色を変えた。

「盗人は土蔵の中を物色した末に『芝夢』を見つけ出したのか、それとも土蔵のどこにあるのか知っていたのか。最初から知っていたと考えるべきでは？」

「まさか、屋敷内に知らせた者が……」

又四郎は憤然という。

「仲間とは限りません。屋敷に出入りの商人に化けて、ご家来衆に近づいてさりげなく『芝夢』の在《あ》り処《か》を聞き出したのかもしれません」

「…………」

「古川どの。盗人はかなり前から『芝夢』を狙っていたのでは。そのために、お屋敷の誰かに近づいたとも考えられます」

「うむ」

又四郎は膝に置いた手を握りしめ、

「単純に、盗人の仕業だと思っていましたが、まさか屋敷の中にそんな者が……」

と、吐き捨てるように言う。

「いや、お屋敷のひとたちとは限りません。たとえば、八月十五日の中秋の名月のときの茶会の客人たちはどうでしょうか。その客人がご家来衆から聞き出し、盗人に知らせたということもあり得ます」

「いずれにしろ、家来が外部の者に『芝夢』が土蔵のどこにあるかを話したということになりますね」

又四郎は厳しい顔で言う。

「その可能性もあるということです。そういう目で、もう一度お屋敷の方々を調べてくれませんか。私は盗人のことを探ります」

「『芝夢』はどこかに売られてしまったのでは？」

又四郎は不安を口にした。

「土蔵に金は？」

「ありました。でも、千両箱に手をつけた形跡はありませんでした」

「金が欲しいなら千両箱に手をつけたほうが、盗人にとっては手っ取り早いでしよう。『芝蔓』ではそれを改めて金に換えなければなりません」

「では、盗人は何のために？」

「誰かから頼まれて盗んだのかもしれません。お屋敷のひとたちを調べると同時に、中秋の名月の茶会に参加された客人たちのこともそれとなく探ったほうがいいでしょう」

「そんなこと無理です」

「では、参加した方々の名だけでも」

「わかりました。それならなんとかなります」

又四郎はいくぶん胸を張り、

「青柳さまが仰ったこと、さっそく調べてみます」

と、気負って言った。

「何かあったら、八丁堀の屋敷に知らせを」

剣一郎は『梅の庵』を出て、又四郎と別れ、奉行所に戻った。

三

奉行所に戻った剣一郎は、年番方与力の部屋の隣にある小部屋で、宇野清左衛門と差し向かいになった。

「大貫佐賀守さま家来の古川又四郎どのと会ってきました」

剣一郎は切り出した。

「どうだ、厄介な感じか」

清左衛門は厳しい表情できいた。

「まだはっきりとはわかりませんが、盗人が持ち去ったという単純なものではなく、その盗人の背後に黒幕がいそうです」

「黒幕？」

「はい。その黒幕は大貫家と付き合いがある者です。大貫家の家来の中にも仲間がいるかもしれません」

「ことは複雑か」

「大貫家に波風を立てずに調べるためにも、作田新兵衛《さくたしんべえ》の手を借りたいのですが」

新兵衛は隠密廻《おんみつまわ》り同心《どうしん》である。

「今は大きな仕事を抱えていないはずだ。呼ぼう」

清左衛門は手を叩いた。

顔を出した見習い与力に、作田新兵衛を呼ぶように言う。

しばらくして、作田新兵衛がやって来た。

剣一郎がもっとも信頼を置いている男だ。変装の名人で、これまで何度も重要な役目を担ってもらっていた。

「じつは旗本大貫佐賀守さまの屋敷の土蔵から『芝夢』という天目茶碗が盗まれた」

剣一郎は古川又四郎とのやりとりを話し、

「骨董屋《こっとうや》に流れればすぐに露見する。盗人がそのようなことをするとは考えにくい。盗人は何者かに頼まれて『芝夢』を盗んだのではないか」

と、自分の考えを述べた。

「『芝夢』ですか。名は聞いたことがあります」

「裏稼業の者たちから事情を聞いてもらいたい」

「わかりました」

「変装して近づくのか」

清左衛門はきく。

「はい。私も盗人になります」

「うむ」

清左衛門は目を瞠《みは》った。

「それと同時に、中秋の名月の茶会に招かれた客についても調べてもらいたい。客の名は古川又四郎どのから知らせが届くことになっている」

「わかりました」

「それにしても、たかが茶碗のどこにそんな値打があるのかわからぬ」

清左衛門は呟いた。

「好事家《こうずか》にとっては垂涎《すいぜん》の的なのでしょう」

剣一郎は言い、

「では、これで」

と、話を切り上げた。

夕七つ（午後四時）に、剣一郎は奉行所を出た。八丁堀の屋敷と奉行所の行き来は継《つ》ぎ上下《がみしも》に仙台袴《せんだいばかま》である。

数寄屋橋御門《すきやばしごもん》に差しかかったとき、京之進と出会った。

「青柳さま」

京之進が近づいてきた。

「伊勢町堀《いせちょうぼり》で新たな死体が見つかりました」

「同じ手口か」

「はい。殺されてから半刻（一時間）も経《た》っておりません。付近の聞き込みをしましたが、まだ不審な人物は見つかっていません」

「で、身許は？」

「わかりました。日傭取《ひようと》りの寅次《とらじ》という男です」

「なに、寅次？」

「はい」

「虎か」

あの画では虎は庭で箒を持っていた。

「今夜、屋敷に来てくれぬか」

「畏まりました」

剣一郎は京之進と別れ、八丁堀の屋敷に帰ってきた。

着替えてから、剣一郎は部屋に入り、十二支の画を広げた。

馬之助、亥之助、そして寅次。この画から三人が消えた。この画と殺しは関係があるのか。

偶然か。この画を持ってきた男は何の狙いがあるのか。

夕餉を食べながらも、剣一郎の頭の中は画と殺しのことが駆け回っていた。

食べ終わり、居間に戻って、再び画を見つめる。

殺しがこの画と関わりがあるなら、さらに事件が続くかもしれない。これ以上、犠牲者を出さないためにも、この画の秘密を明らかにしなければ……。

「青柳さま」

庭先から太助の声がした。

「上がれ」

「はい」

濡縁《ぬれえん》から障子を開けて、太助が入ってきた。

「画の作者についてわかったか」

剣一郎は真っ先にきいた。

「絵草子《えぞうし》屋をまわってみました。未の字がつく絵師はひとりだけで、春川未善《はるかわみぜん》といいます。駒形町《こまがたちょう》に住んでいるというので行ってきました。出てきた婆《ばあ》さんが、春川未善は今出かけていると。いつ帰ってくるかわからないということです」

「旅に出たのか」

「ええ、気が向くままふらりと出かけ、四、五日で戻ってきますが、ときには十日も帰らないこともあるそうです」

「そうか」

「留守番の婆さんに春川未善の他の画を見せてもらいましたが、やはり画の隅に、未と書いてありました」

「この画は春川未善が描いたものに間違いなさそうだな」

「はい」

「よし、明日、その婆さんに会ってみよう。何か隠していることがあるかもしれない」

剣一郎は言ったあとで、表情を曇らせ、

「太助、またひとり殺された」

と、画の一カ所を指差した。

「虎ですか」

太助は画を覗き込んだ。

「そうだ。寅次という男だ。亥之助、馬之助に続いて三人目の犠牲者になる」

「この画に沿って殺しが行なわれているということですか」

「うむ……」

剣一郎は唸《うな》るだけで、あとの言葉が出なかった。

そこへ、

「失礼します」

京之進が入ってきて、太助の横に腰をおろした。

「寅次のことについて聞かせてくれ」

剣一郎は促す。

「はい」

京之進は居住まいを正して、

「見つけたのは通りがかりの職人で、悲鳴を聞いて駆けつけると、伊勢町堀にある土蔵の陰で心ノ臓を刺された三十半ばぐらいの男が倒れていたそうです。駆けつけたとき、誰も見ていません。あとで、周辺の聞き込みをしたところ、鋳掛《いかけ》屋の年寄りが遊び人ふうの男が走って行く後ろ姿を見てましたが、男の特徴はわかりません」

「身許はどうしてわかったのだ？」

「男は近くの長屋に住んでいました。長屋の住人が寅次だと」

「日傭取りだったそうだな」

「はい。大伝《おおでん》馬町《まちょう》にある口入れ屋から仕事をもらっていたそうです」

「馬之助と亥之助の関わりは？」

「特に見つかりませんが、莨売りの馬之助は伊勢町堀界隈をよく歩いていたようです。ですから、何らかの接触はあったかもしれません」

「同じ下手人だろうか」

「わかりません。しかし、馬之助と亥之助は油断したところを襲われたようですが、寅次には僅かながら抵抗の痕跡がありました」

「この画の中で、馬と猪、そして虎が殺された」

剣一郎は言い、

「虎は箒を持った下働きで庭にいる。馬と猪は主人らしい竜の両隣だ。この画が事実を映し出しているとしたら、馬之助と亥之助は商家の番頭か手代《てだい》、寅次は下男だ。しかし、実際は馬之助は莨売り、亥之助は小間物屋、寅次は日傭取り。仕事はばらばらだ」

剣一郎は首をひねる。

しばらく画を見つめてから、剣一郎は画を手にした。紙の質を確かめるように親指と人差し指でこすり、さらに行灯《あんどん》の明かりに透かしてみる。

「この画は最近描かれたものではないな。数年経っているようだ」

そう言い、京之進に渡す。

京之進もためつすがめつしてから、

「確かに、数年は経っていますね」

「念のために、この三人の数年前のことを調べてみてくれ」

「ひょっとして、三人は……」

「うむ。顔見知りということも十分に考えられる。もっとも、この画と一連の殺しを結びつけるのは的外れかもしれないが」

「それにしても、男がわざわざこの画を届けたわけはなんでしょう？」

京之進が疑問を口にした。

「少なくとも、その男は馬之助と亥之助が殺されたことを知って、あえてこの画をわしに届けたのだ」

「青柳さまに何かを調べてもらいたいと思ったからでしょうか。だとしたら、なぜもっと詳しいことを添えなかったのでしょうか」

京之進が首をひねる。

「その男も、この画の中に描かれているのでは？」

太助が口にした。

「考えられる」

剣一郎はそういう目で画を見つめなおした。

隣の部屋にいる三人は武士だ。この画を持ってきた堅気らしい男に似つかわしいのは廊下にいる職人ふうの牛だ。

「もし、この画が現実を映し出しているとしたら、数年前まで三人は商家に奉公していたのだ。だが、その商家はなくなり、三人はそれぞれ別の道を歩きだしているということになる」

剣一郎はそう想像したが、

「それなのに、今になって殺される理由があるだろうか」

と、首を傾げる。

「ともかく、五、六年くらい前までの三人のことを調べるのだ」

「わかりました」

京之進が引き上げたあと、

「太助、春川未善からこの画を描いた経緯を聞けば、なにかわかるだろう。ときおり、帰ってきてないか様子を見に行くのだ」

「へい」

「失礼します」

襖が開いて、多恵が入ってきた。

「太助さん、夕餉はまだでしょう。早く食べてきなさい」

「いつもいつも馳走になって、申し訳なくて」

太助は呟くように言う。

「なにを言っているんですか。さあ、早く」

多恵は太助を急《せ》かした。

「じゃあ、遠慮なく」

　太助は急いで部屋を出て行った。

「ちょっとききたい」

　剣一郎は呼び止めた。

「なんですね」

　多恵は腰を下ろした。

「この画を持ってきた男だが、堅気の男のようだと言っていたな」

「はい」

「たとえば、どんな仕事をしているか想像出来たか」

「手はごつく指先はかなり太いように感じられました。何か手先を使うお仕事ではないかと」

「職人か」

「はい」

「何の職人かわかるか」

「そういえば、右腕のほうが左腕より太いようでした。ひょっとして畳職人かもしれません」

「畳職人か」

「畳職人は畳に畳針を刺して肘《ひじ》を使って糸を締めつけますね」

「なるほど」

おそらく、男は物を渡し、すぐ引き上げたはずだ。束《つか》の間に会っただけで、そこまで読み取るとは……。剣一郎は内心で舌を巻いた。

「間違っているかもしれません」

「いや、当たっていると思う」

改めて、画の中の廊下にいる半纏《はんてん》を着た職人ふうの牛を見る。これまでに、三人が殺され、さらに続くかもしれない。次に殺されるのはこの男にちがいない。早く手を打たねばと、剣一郎は焦った。

四

翌日、剣一郎は太助の案内で、駒形町にある春川未善の家に行った。

太助が格子戸を開ける。

「ごめんなさいよ」

土間に入った。

奥から老婆が出てきた。

「また、おまえさんかね。まだ、帰ってきちゃいないよ」

「そうじゃねえ。じつは南町の青柳さまが話を聞きたいそうだ」

「青痣与力」

老婆は剣一郎に顔を向けた。

編笠を外すと、老婆は左頬を見てたちまち恐縮した。

「これは青柳さまで」

「うむ。ききたいことがある」

「なんでしょう」

老婆は上目づかいで見る。

「春川未善は今、旅に出ているそうだな」

「はい」

「ほんとうに旅か」

「しょっちゅう、画のネタを求めて出かけていますから。出かけると何日も帰ってきません」

「その間、おまえさんが留守を守っているのか」

「そうです」

「春川未善は独り者か」

「あんな身勝手なお方です。おかみさんは出て行ってしまいましたよ」

「女房がいたのか。いつ、出て行ったのだ？」

「三年前です。私が住み込んだのは、おかみさんが出て行ったあとですから」

「なるほど」

剣一郎は頷いてから、

「女はどうだ？」

と、きいた。

「女のことは知りませんよ」

「旅に出るといって、女のところに行っているのではないか」

「さあ」

老婆は横を向いた。

「未善の女を知っているか」

「知りません」

「未善に妾《めかけ》は何人もいるのか」

「何人もいませんよ」

「妾はいるのだな」

老婆はあっという顔をした。

「知っているなら教えてもらいたい」

「あとで叱られるのは私です」

「おまえさんから聞いたとは言わない。どうしても、未善に会いたいのだ」

「…………」

老婆は俯いていたが、やがて顔を上げて溜め息をついた。

「根津権現《ねづごんげん》裏手の千駄木町《せんだぎちょう》に、おむらさんというひとが住んでいます。以前はどこかの旦那の囲われ者でしたが、旦那が亡くなったので……」

「未善といい仲になったか」

「はい」

「おまえさんは、どうしてそこまで知っているのだ?」

「おむらさんがここにやって来たことがありますので」

「そうか。おむらなら未善がどこへ行ったかわかるか」

「さあ、どうでしょうか」

「わかった。礼を言う」

老婆は頭を下げた。

それから半刻余り後、剣一郎と太助は不忍池の西岸を通り、千駄木町にやってきた。

空は青く、すっかり葉を落とした木々の小枝が寒々と立っている。冷たい風が日暮里《にっぽり》の台地から吹きつけてくる。

太助が近所で聞き込み、おむらの家がわかった。格子造りの小洒落《こじゃれ》た家だった。

戸を開け、太助が声をかける。

「ごめんなさいまし」

すぐに、奥から返事がして、年増の色白の女が現われた。

「おむらか」

剣一郎は編笠をとってきいた。

「はい」

おむらは不安そうな顔で答える。

「南町の青柳剣一郎と申す。春川未善という絵師を知っているか」

「未善さんに何かあったのでしょうか」

「春川未善を知っているのだな」

「はい。あのひとに何か」

「いや、ちょっとききたいことがあるのだ。駒形町の家を留守にしているので、こちらではないかと思い、やってきた。未善はいるか」

「いえ、おりません」

「いない？」

「三日前に顔を出しましたが、すぐ出かけていきました」

おむらは呆れたように言う。

「どこに行ったのだ？」

「笠間《かさま》のほうに行ってくると言ってました」

「笠間？」

「常陸《ひたち》の笠間稲荷《いなり》でしょう」

「いつ戻ると言っていなかったのか」

「十日で帰ると言ってましたが、そのとおりに帰ってきたためしはありませんから」

おむらは溜め息混じりに言う。

「たしかめてほしいものがある。この画を見てくれ」

剣一郎は画を見せた。

「これは未善が描いたものだな」

おむらは画を見て、

「私はあまり関心がないので」

「そうか」

剣一郎は答え、

「そなたはずっとここに住んでいるのか」

「はい」

「未善とはどうやって知り合ったのだ?」

「私が世話になっていた旦那のお墓が谷中の大証寺《たいしようじ》にありますが、そこに未善さんの画の師匠のお墓があるのです。お墓参りで、未善さんに声をかけられて」

「画の師匠というと?」

「春川珠玉《しゆぎよく》というお方だそうです」

「春川珠玉か。谷中の大証寺だな」

剣一郎は頭に叩き込んでから、

「ここに、未善を探しに誰かやってきたか」

「いえ、来ていません」

「もし、未善が帰って来たら、自身番を通じてわしに知らせてもらいたい」

「わかりました」

剣一郎と太助はおむらの家を出た。

団子坂《だんござか》に出て、坂道を上がって行く。

「大証寺に行くのですか」

太助がきいた。

「念のためだ」

大証寺は青柳家の菩提寺《ぼだいじ》である善正寺の並びにあった。

山門をくぐる。こぢんまりした寺だ。庫裏《くり》に向かうと、年配の僧侶が出てきたところだった。住職かもしれない。

剣一郎は近付き、声をかけた。

「もし、お訊ねいたす。ご住職ですか」

「さようで」

住職は顔を向けた。

「笠をかぶったままで失礼いたす。ここに絵師の春川珠玉の墓があると聞きましたが」

「ございます」

「春川珠玉の弟子に未善という絵師がいるのを御存じですか」

「はい。未善さんはよくお見えになります。珠玉さんの祥月命日《しょうつきめいにち》には必ず塔婆《とば》を立て、御布施《おふせ》を置いていかれます」

「最近はお会いになりましたか」

「数日前に会いました。じつは珠玉さんの祥月命日がじきにやってくるのですが、今回は旅に出るので墓参出来ないと。それで前もって塔婆を立てる手配を」

「旅に出ると言っていたのですか」

「そうです」

「どこに行くと言ってましたか」

「笠間だと」

「笠間ですか」

おむらにもそう言っていたのだ。

「もうよろしいですか」

住職はきく。

「お引き止めして申し訳ありません」

剣一郎が頭を下げると、住職も会釈を返し、本堂に向かった。

「やはり、未善は笠間に行ったようですね」

太助が囁《ささや》くように言う。

「馬之助と亥之助が殺されたことをどうやら知らないようだ」

山門を出たところで、坂の下から上がってくる棒手振りに気づいた。棒手振りは途中にある家の裏手にまわった。

「新助だ」

剣一郎は呟いた。

「青柳さま。あの若者を御存じなのですか」

「先日、墓参りの帰りに会った。白い雲が親父の顔に見えてきたと言って涙を流していた。重たい荷を担いで、坂の多いこの界隈を歩いているのだ」

「そうですか。会って行きますか」

「いや、商売の邪魔をしても悪い」

そう言い、墓参りの帰りと同じように武家地を抜け、不忍池の脇に出て、下谷広小路に向かった。

御成道から筋違橋を渡ると、剣一郎は柳原の土手に曲がった。

馬之助の亡骸《なきがら》が見つかった場所にやってきた。

「ここで馬之助は心ノ臓を刺されて死んでいたのだ。馬之助は油断していたようだ。下手人は正面から心ノ臓に刃を突き刺している」

「顔見知りですね」

「おそらくな。その前日に浜町堀で亥之助が殺されている。そのことがあったにも拘《かかわ》らず、馬之助は相手を疑っていなかったのだ」

「よほど信頼していた相手だったと？」

「そうであろう。仲間だと思っていた相手だったか」

剣一郎は亡骸のあった痕跡がすっかりなくなった川っぷちを見ながら言う。

「そういえば、馬之助は湯島天満宮の近くにある『宮川』という料理屋のおやすという女に入れ揚げていたようだ」

「おやすに会ってみますか」

「なにか手掛かりが得られるかもしれない。いちおう話を聞いてみよう」

剣一郎は来た道を引き返し、再び筋違橋を渡り、明神下《みょうじんした》から妻恋坂《つまこいざか》を上がり、湯島天満宮に向かった。

参道に面して軒行灯《のきあんどん》がかかった料理屋が何軒かあり、戸口で客引きの女が行き交う参詣人に向かって呼び込みの声をかけていた。その中では比較的小さな『宮川』の土間に入った。

剣一郎は編笠をとって顔を晒《さら》し、出てきた女将《おかみ》らしい女に、おやすを呼んでくれるように頼んだ。

「少々、お待ちを」

女将は近くにいた女中に、おやすを呼ぶように言ったあとで、

「青柳さま。ここではなんですので、どうぞこちらに」

と、上がるように言った。

「わかった」

剣一郎は応じ、太助とともに上がり、女将のあとに従って、帳場の隣の小部屋に入った。何もない殺風景な部屋だ。

「すぐ参るはずですので」

女将が部屋を出ると、入れ代わって若い女が入ってきた。目鼻だちのはっきりした顔立ちだ。二十四、五歳か。

「やすです」

おやすは挨拶をした。

「殺された馬之助のことで聞きたい」

剣一郎は切り出す。

「はい」

おやすは緊張した硬い表情で答える。

「馬之助が通いだしたのはいつごろからだ?」

「一年前からです」

「最初は誰かといっしょに来たのか」

「いえ、最初からひとりでした」

「初めからそなたを名指ししたのか」

「いえ、たまたま私が相手をすることに」

「馬之助はちょくちょく来ていたのか」

「はい。五日から十日に一遍はいらっしゃいました」

「金はかかるだろうな」

「ええ、まあ」

「莨売りと知っていたのか」

「いえ、商家の番頭だと言っていました」

「なに、番頭？」

「はい。いずれ店を持たせてもらえると」

「店を？」

「はい。そしたら、内儀《ないぎ》にしてやるからと」

「そなたを口説いていたのか」

「はい」

「そなたの気持ちは？」

「とんでもない。お客さまですからすげなく出来ませんので、曖昧《あいまい》に返事をしておきました」

「店を持つという具体的な話を聞いたことがあるか」

「いえ。一度、いつごろお店を持たせてもらえるんですかってきいたら、ほんとうなら今頃だったんだがと、少しいらだったように話していました」

「そうか」

あの画でいうと、馬之助はほんとうに番頭だった。しかし、実際は莨売りだ。以前は、商家の番頭だったが、何らかの事情でやめたということか。

「馬之助と話していて気づいたことはないか。たとえば、反物《たんもの》についてよく知っているとか、足袋《たび》の話をよくするとか」

「いえ、そういう話は……」

おやすは首を横に振ったが、ふと思いだしたように、

「そういえば、一度、十二支の絵巻の話をしていました」

「十二支の絵巻？」

「はい。十二支とそれ以外の狸や狐が合戦をするという話です」

「『十二類絵巻』か」

「そうです。それです。そういったことには詳しかったようです」

そういうものに触れ合う機会があったのか。たとえば絵草子屋か。

「絵草子についてはどうだ？」

「いえ、そういう話は出ませんでした」

そう言ったあとで、

「絵草子の話はありませんでしたが、絵師の誰かを知っているようでした」

「絵師？」

「名前は忘れましたが、お前の美人画を描かせると言ってました」

「春川未善では？」

「あっ、そうです。そんな名前でした」

「馬之助は春川未善と親しいのか」

「親しいかはわかりませんが、顔見知りのようです」

その後、いくつかきいてから話を切り上げた。

「いろいろ参考になった」

礼を言い、剣一郎は立ち上がった。

『宮川』を出てから、剣一郎は言った。

「あの画とすべてがつながった」

「はい」

「わしは奉行所に戻り、京之進にこのことを伝える。そなたはもう一度、駒形町の春川未善の家に行き、婆さんに未善の部屋を見せてもらうのだ。依頼人のことがわかる何かがあるかもしれない」

「へい、わかりました」

参道で太助と右と左に分かれ、剣一郎は奉行所に急いだ。

五

その夜、八丁堀の屋敷に作田新兵衛がやって来た。

「今は隠居をしている『むささび小僧』の異名をとった男から話を聞いてきました」

新兵衛が切り出した。

「骨董品の盗みを得意とするふたり組の盗人がいるそうです」

「ふたり組？」

「はい。名は巳之助《みのすけ》と久助《ひさすけ》」

「巳之助とな？」

剣一郎はあの画を思い浮かべた。盗人は蛇だ。巳は動物の蛇。

「もうひとりは久助か」

十二支と関わりのない名だった。

「何か」

「これを見ろ」

剣一郎は画を見せた。

「十二支を擬人化したものだ」

剣一郎は一連の殺しを説明し、

「この頬被りをした男を見ろ。蛇と猿だ。巳之助は蛇だ。だが、久助は……」

「青柳さま」

新兵衛は身を乗り出し、

「久助は猿の久助の異名をとっていたそうです」

「なに、猿の久助」

この画の盗人は巳之助と猿の久助に違いないと、剣一郎は確信した。

動物の名がつく男は他にもいるだろう。巳之助ではなく巳之吉《みのきち》という名の盗人がいるかもしれない。猿の久助ではなく猿の字を名に持つ男がいることも考えられなくはない。だから、この画に描かれた盗人が巳之助と猿の久助だとは言いきれない。

だが、剣一郎はこのふたりのような気がしている。そうだとすると、これまでに十二支のうち、五匹までひとをあてはめられたことになる。

「巳之助と猿の久助は盗んだ骨董品をどこで金に換えていたのだ？」

「盗品と知って買い取るところがあるそうです」

「そこはどこだ？」

「それは教えてくれませんでした。そこに『芝夢』が持ち込まれたのではないかと思ったのですが」

そう言ったあとで、

「ただ、巳之助と猿の久助は錠前《じようまえ》破りは不得手《ふえて》なはずだと言っていました」

と、新兵衛は言った。

「ではどのように？」

「このふたりは寺や大名屋敷、豪商の屋敷などに忍び込んでも、土蔵からではなく母屋などから盗み出しているというのです」

「すると、大貫佐賀守さまの屋敷の土蔵に忍び込んだのは別の盗人か」

「はい。それで、それとなく聞き出しましたが、錠前破りの名人を三人知っていると言っていました。その中のひとりが、ふたりとともに忍び込んだのでしょうか」

新兵衛は自信がなさそうに言う。

「土蔵の中の小部屋には他に名高い茶碗がいくつも置いてあったという。それぞれ桐の箱に入っている。桐の箱には用心して『芝夢』とは書いていなかったそうだ。骨董品の目利きができる盗人ならばいいが、そうでないかぎり『芝夢』を納めた桐の箱に書いてある文字を知らなければ『芝夢』をうまく盗めないはずだ」

剣一郎は自分の言葉にはっとした。

「盗人が桐の箱に書かれた文字を知っていれば、目利きでなくとも盗み出すことは出来る」

「そうだとしたら、大貫さまの屋敷の中に盗人に教えた者がいるということになります」

「うむ」

剣一郎は唸って、

「念のために、茶器に詳しく、かつ錠前破りの名人という盗人がいないか、もう一度確かめてくれぬか」

「わかりました」

「くれぐれも正体を見破られぬように。今後ともつながりを保っていくためにも決して気取られないように」

「はい。その隠居はこっちを盗人だと信じてくれていますので」

新兵衛は答えた。

剣一郎はもう一度、画に目を落とした。

巳之助と猿の久助が竜の商家の主人に頭を下げている。盗んだ黄金の茶釜を返して詫《わ》びを入れているのかとも思ったが、盗品と知って買い取るところがあるとしたら、まさに盗んだ黄金の茶釜を竜の主人が買い取っている場面ではないのか。

「この竜は骨董屋の主人だ」

剣一郎は思わず声を上げた。

「五年前、盗品を扱ったという罪で、闕所《けっしょ》になった骨董屋があった」

「ええ、ありました。『大和屋《やまとや》』です。主人は島送りになったはずです」

「主人の名を覚えているか」

「確か、辰五郎《たつごろう》でした」

「辰……。竜だ」

剣一郎は思わず大きな声を発した。

そのとき、襖の外から多恵の声がした。

「よろしいですか」

「構わぬ」

襖が開き、多恵が顔を出した。

「京之進どのがいらっしゃいました」

「すぐここに」

「はい」

多恵が下がって、すぐに京之進がやってきた。太助もいっしょだった。

「門の前でお会いしました」

太助が言い、部屋に入った。

「これは作田さま」

京之進が新兵衛に会釈をして腰を下ろした。

「何かわかったか」

剣一郎が問いかける。

「よろしいですか」

新兵衛に断ってから、京之進は剣一郎に顔を向けた。

「馬之助と亥之助の前身がわかりました」

「骨董屋『大和屋』ではないか」

「どうしてそれを」

京之進は目を見開き、

「そのとおりでございます。本所《ほんじょ》一つ目にあった『大和屋』です。馬之助は番頭、亥之助は手代として働いていました。それから、寅次は下男として」

「やはりそうか。こっちは新兵衛の調べから『大和屋』に辿《たど》り着いた。で、主人は辰五郎で間違いないな」

「はい、そうです。辰五郎は五年前に盗品を扱った罪で遠島、『大和屋』は闕所になり、店、財産すべてを没収されました」

京之進はそう述べたあとで、

「じつは、その辰五郎ですが、ひと月前に島で病死していました」

「亡くなった？」

「はい。心ノ臓の発作だそうです。次に恩赦があれば、辰五郎も江戸に戻れるところだったそうで」

「それは不運なことだ」

剣一郎は呟いてから、

「この画が『大和屋』を中心に描かれていることは明白だ。だが、この画の中で、すでに四人がいないのだ。辰五郎は病死だが、馬之助、亥之助、それに寅次は恐らく同じ下手人に殺された……。いったい、何が起きたのか」

と、首をひねった。

「辰五郎が死んだことで何か影響が？」

京之進がきく。

「そうであろう。辰五郎が死んで、何かが狂ったのかもしれぬな」

「それは何でしょうか」

「馬之助は料理屋の女中に、商家の番頭だと言い、いずれ店を持たせてもらえると口にしていたそうだ。馬之助も亥之助も、辰五郎が恩赦で江戸に帰ってくれば、もう一度、店を再興出来ると思っていたのかもしれない」

「でも、全財産を取られて、店を再興しようにも元手がないのでは」

京之進が口をはさむ。

「『大和屋』が闕所になったとき、何か問題はなかったのか」

「問題ですか」

「うむ。そもそも『大和屋』に何があったのだ？」

「ある大店《おおだな》の主人が『大和屋』で、盗まれた品物を見つけたそうです。それで、岡っ引きに訴えた。『大和屋』の店を探索したら、他にも盗まれた茶器が見つかり、御用になりました」

「盗人は捕まったのか」

「いいえ、辰五郎は盗まれた物とは知らなかったと訴えたそうです。たまたま盗品を摑まされただけだと弁明しましたが、盗品と知って商いをしていたとみなされ、遠島に」

遠島という主刑の属刑として、全財産の没収という処分も下されたのだ。

「ただ、恩赦でいずれ江戸に戻れるという希望はあったようですが」

「馬之助と亥之助、それに下男の寅次は辰五郎が帰ってくるのを待っていたのだろうか。少なくとも、馬之助はそうだ」

剣一郎は首をひねり、

「恩赦になっても財産は戻らない。全財産を没収されて、辰五郎は江戸に帰って何が出来たのだろうか」

と、疑問を口にする。

「あっ、そういえば、この件を取り扱った同心がこんなことを言っていました。闕所掛かりの者が『大和屋』の財産が少な過ぎると」

「少な過ぎる？」

「少なくとも一千両ぐらいはどこかに隠したのではないかと疑って探したが、どこからも見つからなかったそうです」

「財産を隠したか」

剣一郎はそのことを考えた。

盗品を捌《さば》いた疑いが自分に向いたとき、闕所を予期し、財産をどこかに隠したということも十分に考えられる。

そうだとしたら、馬之助たちが辰五郎の帰りを待っていたことはありうる。

剣一郎はそのことを話し、

「辰五郎は財産の一部をどこかに隠した。辰五郎が亡くなり、その金の奪い合いになったとも考えられる」

「馬之助たちは隠し場所を知っていたのでしょうか」

京之進が考えながら言う。

「おそらくな」

剣一郎は画に目を落とし、

「少なくとも『大和屋』の者たちは金のことは知っていたはずだ。しかし、それを横取りしようとした者がいるのだ」

「誰でしょうか」

剣一郎は畳に広げた画の一点を指さし、

「この武士が気になる。これが何者なのか」

襖を隔てた隣の部屋に武士の鳥、家来らしい犬、鼠がいる。

「『大和屋』に関わりのあった旗本、御家人などを洗い出すのだ。その中に、鳥と名のつく武士がいるはずだ」

「わかりました」

「辰五郎に女房と子どもがいるなら、話を聞く必要がある」

「はっ」

京之進が頭を下げた。

「『芝夢』のほうは、もう少し盗人のほうを調べてみます」

新兵衛が口を出した。

「うむ、それによっては大貫さまの家来についても調べなければならない」

「わかりました」

京之進と新兵衛が引き上げ、太助とふたりになった。

「青柳さま。この垣根の外にいる女太夫も『大和屋』に関わりがないとは言いきれないのではないでしょうか」

「うむ。十二支に整えるためにあえて兎を垣根の外に描いたのかと考えたが……。女の名に兎は当てはまらないと思ったが、芸者などのように源氏名かもしれない。兎という名で呼ばれている……」

「そっちのほうを調べてみましょうか」

「それより、この画は誰が何のために描いたのか」

剣一郎は顎《あご》に手を当てて考え込む。

この画を届けた職人ふうの男は馬之助と亥之助が殺されたことを知って、あわてて持ち込んだのかもしれない。

「この画を持ってきた職人ふうの男も身の危険を感じたのだ。この画の中で辰五郎に関わる者は皆殺され、まだ無事なのはこの牛だけだ。だが、今のままでは襲われるかもしれぬ」

「じゃあ、なんとかしないと」

「この画を持ってきた職人ふうの男を一刻も早く探さねばならぬ。多恵の勘を信じるなら畳職人だ。そして、牛に因《ちな》む名だ。明日、本所一つ目近辺の畳職人を当たってみよう」

「わかりました」

太助は張り切って応えた。


翌日、剣一郎と太助は本所一つ目にやって来た。

『大和屋』があった場所は今は酒屋になっていた。隣家は薪炭《しんたん》問屋で、剣一郎はそちらの土間に入り、主人への面会を求めた。

二重顎で、四十過ぎと思える腹の出た男が出てきた。主人の幸兵衛《こうべえ》だという。

幸兵衛は小部屋に招じて、

「『大和屋』さんのことは驚きました。まさか、あんなことになるとは」

と、真っ先に口を開いた。

「盗品と知りつつ、商いをしたそうだが」

「辰五郎さんもまさか盗品だと気づかなかったのでしょう。だから、店先に並べたのかと。それを元の持ち主に見つかったとは運が悪かったとしかいいようがありません」

「日頃から、盗品を扱っていたのではないのか」

「いえ、そんなことはないと思いますが」

　幸兵衛は首を横に振った。

「店は繁盛していたか」

「お客さまの出入りはあまり多くはなかったようです。でも、高級な物を商っているので、儲けは大きかったと思います」

「怪しげな連中が出入りをしているようなことは？」

「さあ、気づきませんでした」

「辰五郎に妻子は？」

「内儀さんがいました。子どもはいません。辰五郎さんが捕まって、実家にお帰りになりました」

「実家はどこかわかるか」

「池之端仲町《いけのはたなかちょう》だと聞いたことがありますが」

「『大和屋』に出入りする畳屋を知らないか」

「亀沢町《かめざわちょう》にある『勝又《かつまた》』という畳屋です。うちもそうです」

「そこに牛がつく名の職人はいるか」

「牛ですか。ええ、おります。丑松《うしまつ》という職人が」

「丑松はどんな感じの男だ？」

「三十過ぎの、長身の細面で、目が大きく、鼻筋の通った男です」

多恵の言う男にそっくりだ。

「亀沢町にある『勝又』だな」

礼を言い、剣一郎は立ち上がった。

本所一つ目から亀沢町に行った。

『勝又』は障子に畳の画が描いてあるのですぐわかった。

太助が戸を開ける。広い土間で職人が畳に麻糸を通していた。

出てきた若い職人に、

「丑松さんはいますかえ」

と、太助がきいた。

「少々、お待ちを」

若い職人は、板敷きの間で畳の縁を裁断している男に近寄り、声をかけた。

その男が上がり框《かまち》までやってきた。

「丑松に何か」

「親方か」

剣一郎は編笠をとってきいた。

「青柳さまで」

親方は居住まいを正した。

「丑松に会いたいのだが」

「それが……」

「どうかしたのか」

「急にひと月ほど休みをくれといい、それから顔も出していないんです。長屋にも帰ってないようでして」

「何かあったのか」

「それがわからないんです。ただ、なんだか様子がおかしかったので、心配していたんですが」

「様子がおかしいというと？」

「少し気が昂《たかぶ》っているような感じでした」

親方は不安そうに顔をしかめ、

「何があったのか、きいても言おうとしないんです」

「丑松は五年前まであった『大和屋』には出入りをしていたのか」

「ええ。あそこの旦那に気に入られていました」

「丑松は十二支を描いた画を持っていなかったか」

「十二支の画ですかえ。さあ、わかりません」

「丑松は独り者か」

「そうです。横網町《よこあみちょう》の庄右衛門店《しょうえもんだな》に住んでいます」

「丑松と親しい者は？」

「親しい者はうちにもいますが、誰も何があったのか知りません」

「そうか。丑松が帰ってきたら、青柳剣一郎が会いたがっていたと伝えてくれ」

「もし」

親方が呼び止めた。

「丑松が何かやらかしたのですか」

「いや、そうではない」

「そうですか」

「邪魔をした」

外に出ると、太助が驚いたように口にした。

「丑松は自分が狙われると思っているんですね」

「春川未善と同じだ」

剣一郎は太助とともに横網町に向かった。

庄右衛門店の長屋木戸を入る。

太助が洗濯物を干していた女に丑松の住まいを聞いてきた。

「真ん中の部屋だそうです」

そこに向かい、太助が戸を開けて声をかける。部屋には誰もいなかった。洗濯物を干し終えた女が近寄ってきて、

「丑松さん、いませんよ」

と、教えた。

「どこに行ったかわかりませんか」

「信州《しんしゅう》にいる父親が危篤《きとく》なので帰ってくると言っていたわ」

「父親が危篤ですって?」

『勝又』の親方はそんなことを言っていなかった。

「最近、丑松を訪ねる者があったか」

「十日ほど前に、男のひとが訪ねてきましたよ」

「どんな男だ？」

「三十半ばぐらいの面長で、鼻が高い男のひと」

「面長で鼻が高い？」

馬之助かもしれないと思った。

その馬之助が殺されたのを知って、自分にも危険が及ぶと思ったのだろうか。

剣一郎は丑松の住まいに入った。部屋の中を見回したが、手掛かりになるようなものは何もなかった。

信州に行くというのは嘘だ。どこかに身を隠しているのだろう。だが、なぜ、畳職人の丑松が命を狙われるのか。

やはり、『大和屋』の辰五郎が隠した金をめぐって何かが起きているのだ。辰五郎が死んで、隠し金の持ち主はいなくなった。その金を狙って、あの画に描かれた十二支になぞらえられた者たちの間で争いが起きているのではないか。

剣一郎は暗澹《あんたん》たる気持ちになって、丑松の長屋をあとにした。

第二章　金の在《あ》り処《か》

一

　木挽橋の袂《たもと》にある『梅の庵』の二階で、剣一郎は作田新兵衛と共に古川又四郎と会っていた。新兵衛と又四郎を引き合わせた上で、剣一郎は話を切り出した。

「作田新兵衛の調べでは、骨董品《こっとうひん》専門の盗人《ぬすっと》は巳之助と猿の久助のふたりだけだそうです。つまり、このふたりなら茶碗《ちゃわん》を見て、『芝夢』の判別が出来る。しかし、このふたりは錠前《じょうまえ》を破ることは出来ない」

「…………」

「次に、錠前破りを得意とする盗人で茶器に詳しい者はいないそうです。数多くの茶碗から『芝夢』を選び出すことは出来ない。となると、こちらの盗人の仕業だった場合は、桐《きり》の箱に書かれた文字から選んだということになります」

「待ってください」

又四郎があわてた。

「そのどちらの仕業にしても、内部で手を貸す者がいないと『芝夢』は盗み出せませんね」

「ええ。残念ながら、お屋敷内に裏切り者がいると考えるべきかもしれません」

剣一郎は想像を言う。

「そんなことありえません」

「もちろん、骨董品専門の盗人と錠前破りを得意とする盗人が手を組めば、『芝夢』を盗み出すことは出来るでしょうが」

「…………」

「古川どの。何か思い当たることはありませんか」

剣一郎は迫るようにきく。

「じつは、屋敷の者を疑い、密《ひそ》かに調べましたが……」

「たとえば、最近金回りがよくなった者とか、女に夢中になっている者とか、何か今までと様子が違っているとか」

「わかりません」

又四郎は苦しそうに首を横に振った。

「失礼ですが」

新兵衛が口を出した。

「大貫さまは骨董を蒐集《しゅうしゅう》することを楽しみにしているのですか」

「ええ、そうです」

「土蔵の中の小部屋にはどのような物をお持ちで？」

「掛け軸などもありますが、茶道具がほとんどです」

「それらはどうやって買い求めて？」

「骨董屋です」

剣一郎はふと思いつき、

「以前、本所一つ目に『大和屋』という骨董屋がありました」

と、口に出した。

「ええ。『大和屋』の主人はよく屋敷に出入りをしていました」

又四郎はあっさり言った。

「『大和屋』から買い求めることもあったのですね」

「そうです。あそこはいいものがあると、殿も気に入ってました」

「『大和屋』が闕所《けっしょ》になったことは？」

「知っています。盗品を扱っていたそうですね」

「大貫さまは盗品を掴《つか》まされたことはないのですか」

「そんなことありません」

「そうですか」

剣一郎はさらにきいた。

「『大和屋』をどうやって知ったのでしょうか」

「同じ旗本《はたもと》の鳥海《とりうみ》甲斐守《かいのかみ》さまの引き合わせです」

「鳥海甲斐守……」

鳥だ、と剣一郎は思わず声を上げた。

又四郎が怪訝《けげん》な顔をした。

「鳥海さまも骨董の道楽が？」

剣一郎は確かめる。

「いえ。茶をなさいますが、蒐集家ではありません」

「では、中秋の名月の茶会には？」

「お招きしていません」

又四郎は首を横に振る。

「つかぬことをお伺いいたしますが、鳥海さまのご家来に、犬か鼠《ねずみ》に因《ちな》む名を持ったお方はいらっしゃいますか」

「犬か鼠ですか」

又四郎は不思議そうな顔をしたが、

「ご家老は犬山喜兵衛《いぬやまきへえ》さまと仰《おつしや》います」

と、あっさり答えた。

「犬山喜兵衛……」

犬がいた、と剣一郎は気持ちを昂《たかぶ》らせた。

「鼠はいかがですか」

「鼠はわかりません」

「大貫さまと鳥海さまは仲がよろしいのでしょうか」

「はい、同じ寄合《よりあい》席ということもあり、親しくなさっています」

又四郎は答えてから、

「鳥海さまが何か」

と、首を傾げた。

「いえ。それより、中秋の名月の茶会に招かれた客人の名簿はいかがでしょうか」

「じつは用人どのから待ったがかかりました」

「待ったが？」

「はい。客人に迷惑がかかるということです。いわれなき誤解を与えかねないと」

「そうですか。古川どのは客人の名を御存じなのですね」

「知っていますが……」

「喋《しゃべ》るなと厳命されているのですね」

「……はい」

「武士はいらっしゃいましたか」

「ええ」

「その名を口にすることは出来ませんか」

「ご勘弁ください」

「古川どの」

新兵衛が口をはさむ。

「ひょっとしたら何らかの手掛かりになるかもしれません。本気で、『芝夢』を探したいのなら名を」

「そのお方は関係ありません」

「そのお方ですか。ひょっとして、身分のあるお方なのですね」

「………」

「そのお方が『芝夢』の盗難に関わっていることはあり得ませんか」

「はい。断じてありません」

「なぜ、そう言いきれるのですか」

剣一郎はきいた。

「『芝夢』に関心がないからですか」

「ええ、まあ」

又四郎は曖昧《あいまい》に答える。

盗難の件とは関係ないと思っているからだろうが、何か隠したいわけがあるのだろう。

「青柳さま。どうか、盗人のほうから手掛かりを探っていただけませんか」

「しかし、屋敷内につながっている者がいるかいないかで……」

「屋敷内のことはもう一度、調べてみます」

「中秋の名月の件も」

「わかりました。どうか、暮れの茶会までに必ず取り戻してくださるように。間に合わなかったら、殿の信用に関わるのです」

又四郎は頭を下げて引き上げた。

「武士の名をなぜ隠したいのでしょうか」

新兵衛が厳しい表情できいた。

「うむ、招かれた客が気になる。茶会には大貫家出入りの商人も招かれているだろうが、茶人もいたはずだ。その茶人を探し出して聞き出すのだ」

「わかりました」

「だが、思わぬ収穫があった」

剣一郎はにんまりした。

「鳥海甲斐守さまのことですね」

「そうだ。『大和屋』と鳥海甲斐守さまは親しいようだ。あの画《え》の鳥の武士は鳥海さまを指しているに違いない。家老が犬山喜兵衛だ。他に、鼠の名がつく家来がいるはずだ」

「そこも探ってみましょうか」

「もはや、そこまでする必要はないだろう。それより茶人を」

「はっ、畏《かしこ》まりました」

先に新兵衛が『梅の庵』を出て行った。

剣一郎は画を取り出して開いた。襖《ふすま》を隔てて隣の部屋にいるのは鳥の鳥海甲斐守、犬は家老の犬山喜兵衛。鼠も甲斐守の家来だ。

これで十二支のうち、わからないのは垣根の外にいる兎《うさぎ》の女太夫《おんなだゆう》だけだ。

この画の中で、辰五郎は病死し、その近くにいた四人のうち三人が殺され、ひとりは身を隠している。

新兵衛と入れ代わるように、太助がやってきた。

「青柳さま。辰五郎の女房の居場所がわかりました」

「ごくろう。そばを食っていけ」

「いえ、すぐ行きましょう」

「よし」

剣一郎は立ち上がった。

池之端仲町の裏長屋に入って行く。

一番奥の腰高障子の前で、太助は立ち止まった。

「ここです」

そう言い、太助は戸に手をかけ、

「ごめんください」

と、声をかけて開けた。

文机に向かって座っていた女が顔を向けた。文机の上に位牌《いはい》があった。

「どちらさまで」

女が弱々しい声を出した。

「南町の青柳さまです」

太助が声をかける。

「青柳さま」

女が驚いたように立ち上がった。髪に白いものが混じっている。四十前のはず
だが、歳より老けて見えた。

「辰五郎のかみさんのおすみか」

「はい」

剣一郎は位牌に目をやり、

「そうです。赤の他人も同然でしたが、死なれてみると、なんだか可哀そうになって」

と、きいた。

「辰五郎か」

「どういうことだ?」

「夫婦ではありませんでした。あのひとは他の女に夢中でしたから」

「離縁したのか」

「ええ、離縁したも同然でした。家を出て実家に帰っていましたから」

「では、闕所《けっしょ》になったときは『大和屋』には?」

「はい。その一年前に『大和屋』を去りました」

「子どもは?」

「おりません。子どもがいたら、私も子どものために我慢できたのでしょうが」

「それは寂しいな」

「でも、子どものためによけいな心配をしないですむので気は楽です。それに、息子のような子がときたま顔を出してくれますので」

「ほう。どんな子だ?」

「野菜の棒手振《ぼてふ》りですよ。とてもいい子でして」

ふと新助のことが脳裏を掠《かす》めた。よほど口にしようかと思ったが、話が逸《そ》れてしまうので、剣一郎は問いかけに戻った。

「六年前に家を出たのなら、『大和屋』が闕所になったわけはわからないな」

「いえ」

「知っていたのか」

「はい」

「何を知っていたのだ?」

「盗品を商いにしていたことをです。あのひとは偶然盗品を扱っただけだと言い訳したそうですが、そうじゃありません」

「以前から盗品を扱っていたというのだな」

「そうです。たまたま見つかって流罪と闕所になったようでしたが、ほんとうはもっと前からやっていたのです。そんな商いをやめるように頼みましたが、聞く耳を持ちませんでした。それもあって、家を出たのです」

「五年前に辰五郎は流罪になり、全財産を没収されたが、奉行所の闕所掛かりの役人は、財産が少なすぎると思ったそうだ。財産をどこかに隠したのではないかと」

「はい。お役人さんは私のところを疑ったようです。私の実家も調べられましたから。関わりがあった者のところは調べたはずです。でも、どこからも見つからなかったようです」

「そなたは預かっていないのだな」

「いません」

「隠し財産はなかったのか。それともどこかに隠したのか。どう思う?」

剣一郎は確かめた。

「隠したのです。土蔵には千両箱がたくさんありました。そのうちの何箱かを捕まる前にどこかに隠したはずです。いつか恩赦《おんしゃ》で江戸に帰ることが出来るという計算があったのでしょう。そのためにお金を隠したのです」

「いくらぐらい隠したと思う?」

「私のところに来たお役人さんは千両ぐらいは隠しているのではないかと言っていましたが、そんなもんじゃきかないはずです。盗品を高値で売りさばいていました。少なくとも五千両はあると思います」

「五千両か」

剣一郎は思わず唸《うな》った。

「恩赦で帰ったら、その金で店を再興するつもりだったのでしょう。それが島で急死するなんて。やはり、悪いことは出来ないものです」

おすみは蔑《さげす》むように言った。

「辰五郎の死因は病死に間違いなかったのだな」

「心ノ臓の発作だとお役人から聞きました。罰が当たったんです」

「馬之助と亥之助という奉公人がいたな」

「はい。うちのひとが信頼していました」

「金の隠し場所をこのふたりは知っていただろうか。あるいは、このふたりに隠させたのではないか」

「いえ、あのひとは猜疑《さいぎ》心の強いひとでした。いくら信頼していても、いつ何かの事情で裏切るかもしれない。そう考えていたはずです」

「では、金の隠し場所を誰にも言わずに島に行ったと？」

「そうだと思います」

「しかし、馬之助と亥之助は辰五郎が財産を隠したことはわかっていたのであろうな。土蔵に千両箱がいくつあるか知っていただろうから」

「ええ、当然知っていたはずです」

「ただ、どこに隠したか想像はつかないか」

「わかりません。でも、どこかにお金はあるはずです」

「うむ」

　やはり、隠し金をめぐって何かが起こっているのに違いない。

「万が一に備えて、金の隠し場所を誰かに話したりしていないか」

「さあ、そこまでするようなひととは思えませんけど。まさか自分が死ぬなどとは考えていなかったはずですから」

「そうか」

　剣一郎は話を変えた。

「畳職人の丑松を知っているか」

「丑松さんですか。ええ、うちに出入りしていましたから」

「辰五郎は丑松のことをどう思っていたのだ？」

「どうと仰いますと？」

「信頼していたかどうか」

「とても実直な職人さんでしたから一番信頼していたはずです」

「丑松に金の隠し場所を知らせていたとは思えないか」

「丑松さんに？」

「馬之助と亥之助には教えなかったが、丑松だけには伝えたとは？」

「外のひとにそんな大事なことを教えるとは思えません」

「そうだな」

「でも、誰にも気づかれずに五千両もの金を隠せる場所があるとは思えないのですが」

「妾《めかけ》の家はどうだ？」

「妾……」

「そうだ。金を妾の家に運んだとは？」

「奉行所が調べたはずですよ。妾がいたことはすぐわかったでしょうから」

おすみの顔が醜《みにく》く歪《ゆが》んだ。

「確かに、妾の家も調べたろうな」

剣一郎も頷《うなず》き、

「妾はなんという名か知っているか」

「知りません」

おすみは吐き捨てるように言う。やはり、嫉妬《しっと》に似た気持ちがあるのだろう。

「番頭の馬之助たちはその妾と会ったことはあるだろうか」

「さあ、わかりません」

おすみは暗い顔で答えた。

「わかった。いやなことを思いださせてしまったのなら謝る」

「青柳さまのせいではありませんよ」

おすみは自嘲ぎみに呟《つぶや》いたあと、

「あのひとは巳之助という男と出会ってから変わってしまったんです」

「巳之助を知っているのか」

骨董品専門の盗人だ。

「よく店にやって来ていましたから。いつも高価な品物を持って。あの男が出入りするようになって、あのひとはすっかり変わってしまいました。急に羽振りがよくなって。あの男と出会わなかったら……」

「巳之助は何をしているか知っているか」

「盗人と知ったのは数年経《た》ったあとです」

「もうひとり、久助という男もいっしょにいたはずだが」

「いました。いつもふたりでやってきました」

「鳥海甲斐守という旗本を知っているか」

剣一郎はさらにきいた。

「鳥海さまはお得意先のひとりです」

「店に顔を出すのか」

「いえ、家に来るのはご家来です」

「家来の名を知っているか」

「確か川下和之進《かわしたかずのしん》さまです」

「川下和之進か」

鼠に因んだ名ではなかった。

「どんな感じの侍だ？」

「三十歳ぐらいで、鼻より顎《あご》が前に出て、額《ひたい》が広くて鼠のような顔をしていました」

「鼠のような、か……」

剣一郎は鼠が見つかったと思った。

「また、教えてもらいに来ることがあるかもしれぬが」

剣一郎はそう言い、別れの挨拶《あいさつ》をした。

「青柳さま」

おすみは怪訝《けげん》な顔で、

「何かあったのでしょうか」

と、きいた。

「知らなかったのか」

剣一郎は不思議そうにきく。

「何をでしょうか」

「そうか、知らなかったのか」

剣一郎は呟いてから、

「番頭の馬之助と手代の亥之助が殺された」

「えっ、馬之助と亥之助が……」

「ふたりだけではない。下働きの寅次もだ」

「まあ」

おすみは絶句した。

剣一郎は経緯を簡単に説明し、

「下手人はまだわからない」

と、言った。

「驚きました」

やっと、おすみは口を開いた。

「おそらく、隠し金のことで争いがあったのであろう。もし、何か思いだしたことがあれば知らせてもらいたい」

そう言い、剣一郎は挨拶をし、おすみの家を出た。

残るは辰五郎の妾だ。当時辰五郎を取り調べた同心から妾のことを聞くために、剣一郎は太助とともに奉行所に向かった。

二

本所北森下町《きたもりしたちょう》に、呑み屋の『うさぎ』があった。看板に兎が描かれている。

夕闇が辺りを包み込んでいた。

剣一郎と太助は暖簾《のれん》の出ていない店に入った。

「申し訳ありません。まだなんです」

三十一、二歳と思える細面の鼻筋の通った女が出てきた。たおやかな仕草に、女将《おかみ》のおつたであろうと思った。
「客ではない。おつたか」

剣一郎は編笠をとった。

「あっ、青柳さまで。つたです」

おつたはあわてて会釈をした。

「店を開ける前の慌ただしいときにすまないが、少し話を聞きたい」

「はい」

「そなたは『大和屋』の辰五郎を知っているな」

「はい」

剣一郎は切り出した。

「どのような間柄だ？」

「世話を受けていました」

「いつからだ？」

「八年ほど前になります」

「この店は？」

「六年前に、辰五郎の旦那に……」

「辰五郎が捕まる一年前か」

「はい」

「辰五郎が捕まる前、そなたに何か言い残したことはないか」

「ええ。いずれ捕まり、流罪になるだろうが、恩赦があれば必ず戻ってこられる。それまで待っていろと」

「その他には？」

「何も」

「よく考えてみろ」

「はい。でも、ありません」

「辰五郎は財産を没収される前に金を隠したのではないかと思われる。そのことについて、何か辰五郎から聞かされていないか」

「いえ、聞いていません」

おつたは首を横に振り、

「旦那が捕まったあと、ここにも奉行所のひとがやってきて、あちこち探していきました。でも、お金は見つからなかったんです」

「金は何もこの家でなくとも、どこかに隠した。その隠し場所をそなたに教えたのではないか」

「聞いていません」

おつたはむきになって言う。

「辰五郎にとってもっとも心を許していたのはそなたではないかと思う。直接金のことではなくとも、そなたに言い残したことや預けた物はないか」

「いいえ、なにも聞いていません」

「そうか」

剣一郎は懐《ふところ》から十二支の画を取り出した。

「これを見たことはあるか」

「ええ、見たことあります」

「どうして見たのだ？」

「旦那がうちに来たとき、下絵を見せてくれたのです。自分に関わる大事な人物を選んだら十二支に当てはまると。何でも、十二支の歌合わせの絵巻を真似て描かせたそうです」

「大事な人物？」

「はい」

「個々の説明を受けたか」

「いえ、特には」

「ここに畳職人の丑松や下男の寅次という男らが描かれている。この者たちも、大事な関わりを持っているのか」

「そうだと思います」

おつたはそう言ってから、

「寅次さんは下男ですが、旦那が外出するときには常にいっしょでした。うちに来るときもついてきました。もちろん、送り届けてから引き上げていきましたけど」

「なぜいっしょなんだ？」

「用心棒代わりですよ」

「なるほど。それで、この画に描かれているのか。職人の丑松はどうしてだ？」

「旦那に信用されていましたけど……」

「丑松が信用されていたというのはどうしてわかるのだ？」

「うちの畳も、旦那は丑松さんにやらせていたんです」

「なるほど。そういうわけか」

やはり丑松は辰五郎から秘密を打ち明けられているかもしれないと、剣一郎は思った。

「この兎の女太夫はそなただな」

「はい」

「なぜ、兎なのだ？」

「旦那が兎がいないから、この店の名を『うさぎ』に変えろと。ほんとうのことをいうと、それを言いたいためにこの画を見せたのだと思います」

「すると、最初は『うさぎ』ではなかったのか」

「そうです。私の名をとって『つた家』とつけたんです。店の名を変えるのは正直いやだったんですけど、旦那が真剣だったので断れなかったんです」

「なるほどな」

剣一郎は呟いてから、

「ところで、番頭の馬之助、手代の亥之助、そして寅次の三人が殺されたのだが、知っているか」

と、確かめた。

「はい、驚いています」

おつたは眉根を寄せた。

「なぜ、殺されたのか、思い当たることはないか」

「いえ、ありません」

「おそらく、隠し金を巡ってのことだと思うが」

「私には何も……」

おつたは目を伏せた。

「そなたは、辰五郎が恩赦になって江戸に帰って来るのを待っていたのか」

「……はい」

返事まで、一瞬の間があった。

これ以上聞いても何も手掛かりは得られないと思い、

「そろそろ店を開く頃だな。邪魔をした」

「いえ」

おつたは頭を下げた。

剣一郎と太助は外に出た。

「辰五郎が島送りになって五年、おつたには男がいるはずだ。探ってくれ」

「わかりました」

太助と別れ、剣一郎は奉行所に戻った。

夕方、奉行所に戻った京之進が与力部屋にやって来た。

「青柳さま。お呼びで」

「うむ」

剣一郎は京之進に顔を向け、

「『大和屋』と親しい武士はわかったか」

と、きいた。

「辰五郎はかなりの数の旗本や大名家に出入りしていて、まだすべて探り出せてはおりませぬ」

「調べた中に、旗本の鳥海甲斐守さまはいたか」

「おりました。どうしてそれを？」

京之進が驚いたようにきいた。

「大貫佐賀守さま家来の古川又四郎どのから聞いた。大貫さまは『大和屋』から骨董品を買い求めていたようだ。『大和屋』のことを教えたのが鳥海甲斐守さまだそうだ」

「そうでしたか」

「それから、家老は犬山喜兵衛というそうだ。もうひとりの家来は名に鼠はつかないが、鼠のような顔をしているらしい」

「では、あの画の武士の鳥は鳥海さまに間違いないですね」

「そうだ。それから、辰五郎のかみさんだったおすみ、妾だったおつたに会ってきた」

「恐れ入ります。私が先に調べておかねばならなかったのに」

「いや、たまたまだ」

剣一郎は言ってから、

「この画だが、妾のおつたの話では、自分に深く関わりがある者が十二支になぞらえられることに気づいて、辰五郎が描かせたものらしい」

「鳥海甲斐守さまとの深い関わりとはどの程度のことなのでしょうか」

「そなたの話では、辰五郎はかなりの数の旗本や大名家に出入りしているということであったな。それを差し置いての関係だ。よほどのことがあるように思える。辰五郎のかみさんだったおすみによると、『大和屋』は前から盗品を扱っていたそうだ」

「やはり、そうだったのですね」

「うむ。盗人の巳之助と猿の久助が寺や大名屋敷、豪商の屋敷などから盗んできたものを辰五郎が買い入れ、それを大身《たいしん》の旗本や大名に売りさばいていた。その売り先を、鳥海甲斐守さまが探していたのではないかと想像した」

「なるほど、この画の座敷にいる竜と両脇の馬と猪《いのしし》、目の前にいる頬被《ほおかぶ》りの蛇と猿、そして隣の部屋にいる武士の鳥と犬、そして鼠。これが商売で密接に結ばれていたというわけですね」

「だが、辰五郎に馬之助、亥之助が死んだ今となっては、鳥海さまが盗品の売買に絡《から》んでいたことを明かすことは出来ぬ。問い詰めても当然否定する。それに立ち向かえる証《あかし》は何もない。加えて五年も前のことだ。どうすることも出来ぬ」

「残念です」

京之進は言ったが、

「でも、鳥海さまのことに関しては御徒目付《おかちめつけ》どのにきいてみます。何か耳寄りな話があるかもしれませんので」

「うむ。頼んだ」

剣一郎は言ってから、

「それより、殺しのほうだが」

と、気を取り直して切り出した。

「辰五郎は恩赦になることを当て込んで、財産を隠したことは間違いない。その金をめぐって殺しが続いたと思える」

「馬之助たちは金の隠し場所を知っていたのでしょうか」

「おすみが言うには、辰五郎は疑い深い男らしい。したがって、留守中に金を使い込まれることを恐れて、誰にも隠し場所を教えていないはずだと」

「それでは、誰も隠し金を探し出せませんね」

京之進は首を傾げた。

「そうだ。だが、おそらく、辰五郎は万が一に備えて金の隠し場所を何らかの形で伝え残していたのではないかと思うのだ」

「と、申しますと?」

「たとえば、一番信頼の置ける者だけに伝えていたか」

「誰ですか」

「この画をわしに届けた畳職人の丑松を辰五郎は信用していたらしい」

「丑松が知っていたというのですか」

「わからぬ。だが、丑松に金の隠し場所を教え、自分に何かあったら馬之助と亥之助、それに寅次、さらには妾のおつたに知らせるように言い含めていた……」

剣一郎は考えをまとめながら続ける。

「辰五郎が生きているうちは、仮に馬之助らに教えろと迫られても、教えるようなことはなかったかもしれない。ほんとうに丑松がそういう男だったかどうかわからないが、少なくとも辰五郎はそう信じていたのかもしれない」

「辰五郎が死んだことを知り、丑松は馬之助らに改めて金の隠し場所を教えたのでしょうか」

「そうだろう。辰五郎は知らせる相手として、馬之助、亥之助、下男兼用心棒だった寅次、そして妾のおつたを名指ししたのではないか」

「すると」

京之進の目が鈍く光った。

「馬之助、亥之助、寅次が殺され、丑松はどこかに逃げました。無事なのは妾のおつただけ」

「うむ。おつたに男がいるかもしれない。今、太助に調べさせているが」

「青柳さま。もし、おつたが男とつるんで金のひとり占めを企《たくら》んだら……」

京之進は興奮して言った。

「まだ、迂闊《うかつ》には決め付けられぬ」

剣一郎は先走る京之進をたしなめた。

「申し訳ありませぬ」

「太助が男のことを調べている。そなたが乗り出すと警戒される恐れがある。しばらく待て」

「わかりました」

京之進は引き上げた。

その夜、剣一郎が八丁堀の屋敷に帰ると、

「春川未善どのがお待ちです」

と、多恵が言った。

「探しておられた方なので客間にお通ししてあります」

「そうか」

急いで着替えを済ませ、剣一郎は客間に行った。

襖を開けると、色白の小肥《こぶと》りの男があわてて居住まいを正した。

剣一郎は対座し、

「春川未善か」

と、きいた。

「はい。旅から帰りますと、青柳さまがお探しだというので、とりもあえず、やって参りました」

「それはごくろうであった」

「私に何か」

「うむ。これを」

剣一郎は懐から画を取り出した。

「これは……」

未善は受け取って目を見開いた。

「そなたが描いたものに相違ないか」

「はい。私の作品です」

「どういう経緯で、これを描いたのか」

「はい。五年余り前、本所の『大和屋』という骨董屋の主人の辰五郎さんに頼まれて描きました」

未善は続ける。

「『十二類絵巻』の模本を見せて、自分の周囲にも十二支になぞらえられる者がいる。面白いので画に残しておきたいと仰られて」

「すると、画の構図や擬人化などは辰五郎が指定したのだな」

「そうです。蛇と猿に頬被りをさせたのも辰五郎さんの考えでした」

「十二支には足りなかったな」

「はい。私の名前に未がつき、動物でいえば羊なので私の名を記し、あとは兎が足りなかったのですが、垣根の外に兎の女太夫を描くように言われました」

「そなたは、ここの動物が誰を指しているのかわかっているのか」

「いえ、知りません。言われるままに描いただけですから」

「辰五郎はこの画を皆に見せたのか」

「いえ、見せる余裕もなかったのかもしれません」

「どういうことだ？」

「これが仕上がった直後に、『大和屋』さんは闕所になってしまいましたから」

「なに、そんな時期だったのか」

「はい。なんだか虫の知らせのようで不思議に思ったものでした」

「依頼を受けたのは闕所になるどのくらい前だ？」

「ひと月余り前でしょうか」

「ひと月余り前か……」

剣一郎は首をひねった。その頃、辰五郎は奉行所に目をつけられていることに気づいていたのではないか。

捕まることを予期して、この画を描かせたのだ。なぜ、そんな切羽詰まったときに……。

「この画には何か秘密があるのか」

「秘密ですか。いえ」

「たとえば、この画の中にある言葉が隠されているとか」

「いえ、そんな指図は受けていません」

「うむ」

確かに、金の隠し場所を示した箇所があるかと思って、今までもそのような目で見てきたが、特段隠された文字があるようには思えなかった。

「辰五郎が流罪地で亡くなったことを知っているか」

「いえ、知りませんでした」

未善は顔色を変えた。

「病死だ」

「そうでしたか。恩赦でいつか戻ってくると思っていましたが……」

未善はしんみり言った。

ほんとうに辰五郎の死を知らなかったようだ。未善は一連の殺しについてまったく関わりはない。剣一郎はそう思った。

未善が引き上げたあと、剣一郎は夕餉《ゆうげ》をとり、太助を待ったが、その夜は太助は現われなかった。

三

翌朝、剣一郎が髪結いに月代《さかやき》とひげを当たってもらっていると、庭先に誰かがやってきた。太助のようだ。朝のうちは日が当たるが、長くいれば体は冷えてくる。

「太助、上がれ」

剣一郎は障子の向こう側に声をかけた。

「へい」

太助は素直に上がって部屋に入ってきて、壁際におとなしく座った。

「へい、お疲れさまでした」

髪結いは剣一郎の肩に置いた手拭いを外して言った。

「ごくろう」

道具を片づけ、髪結いが引き上げてから、

「太助、待たせた」

と、剣一郎は声をかけた。

「へい」

太助は近づいてきて、

「やはり、おつたには男がおりました」

と、知らせた。

昨夜、太助は『うさぎ』を見張っていた。店が閉まった五つ半（午後九時）過ぎに、おつたの家に大柄で苦み走った顔の三十歳ぐらいの男が入って行った。しばらく経って、部屋の明かりが消えた。

太助は男の顔を覚えたので、そのまま引き上げた。

「いっしょに住んでいるんじゃないでしょうか。店を開けている間は、客の手前もあってどこか別の場所で過ごしているのでは」

「あるいは別にねぐらがあって、ときたま泊まりに来ているのかもしれないな」

「これから『うさぎ』に行き、男が出てくるのを待ってあとをつけます」

「わしも行こう」

剣一郎はそう言ったあとで、

「昨夜、春川未善がここにやって来た」

と、口にした。

「えっ、旅から帰ってきたんですか」

「そうだ。言伝《ことづ》てをきいて、訪ねてくれた。話を聞いたが、画は辰五郎に頼まれて指示されたとおりに描いたそうだ。辰五郎は自分が捕まるかもしれないという恐れから描かせたようだ。画の中に、金の隠し場所の手掛かりが隠されているのかと思ったが、そうではないらしい」

「そうですか。春川未善は何か知っているかと思っていたのですが……」

太助は悔しそうに言う。

「よし、そろそろ行くか」

剣一郎は腰を上げた。


それから半刻（一時間）余り後に、剣一郎と太助は北森下町の『うさぎ』に着いた。戸は閉まっている。

「どうしますね。男が出て来るのを待ちますかえ」

「いや、訪ねてみよう」

剣一郎がおつたの家に向かいかけたとき、路地から男が出てきた。

「あの男です。おつたの家を訪れた男に間違いありません」

「よし、つけよう」

男は通りに出ると、弥勒寺橋《みろくじばし》を渡って行った。

竪川《たてかわ》に出て、二ノ橋《にのはし》を渡ると川沿いを東に向かった。先に太助を行かせ、剣一郎は太助のあとを追った。道が長く続いているので、だいぶ先を行く男の背中が見える。

横川《よこかわ》に出ると、男は左に折れた。続いて、太助も曲がる。

遅れて剣一郎もあとに続くと、太助が入江町《いりえちょう》に入って行った。

剣一郎が入江町に入って行くと、太助が長屋木戸の前に立っていた。

「男は一番奥の家に消えました」

太助が路地を見ながら言う。

長屋の住人に聞き回ると、男の耳に入り、警戒されるかもしれない。

「太助、長屋の住人に怪しまれぬようにきいてきてくれ」

「わかりやした」

太助は木戸を入って行った。

剣一郎は横川の川っぷちで待った。しばらくして、さっきの男がやって来た。

剣一郎は背中を向けて男をやり過ごした。

男は川に沿って北に向かった。すぐに太助がやって来た。

「だいじょうぶだったか」

剣一郎は男のあとを追いながらきく。

「はい。長屋のかみさんと猫の蚤《のみ》取りの話をしていたら男が出てきたのでびっくりしましたが、きき出すいいきっかけになりました。男は千太郎《せんたろう》といい、なにを生業《なりわい》にしているのか皆知らないそうです」

「千太郎か」

千太郎はすたすた歩き、法恩寺《ほうおんじ》橋まで行って渡った。法恩寺の前を過ぎ、そのまままっすぐ進む。やがて、天神川《てんじんがわ》に出た。千太郎はまったく背後を気にしていなかった。

千太郎が行き着いたのは亀戸町《かめいどちょう》にある一軒家だった。しもたや風の家だ。

「見張っていてくれ」

太助に命じ、剣一郎は自身番に向かった。向かいにある木戸番の番太郎が商う焼き芋の匂いが漂ってくる。

剣一郎は玉砂利を踏み、自身番に顔を出した。

「これは青柳さま」

詰めていた家主が頭を下げた。

「教えてもらいたい。この先にしもたやがあるが、あの家は？」

「ああ、あれは金貸し銀蔵《ぎんぞう》の家です」

「金貸し銀蔵？」

「高利貸しです。高利を承知で借りる者はそこそこいるようです」

家主は不思議そうに言う。

「大柄で苦み走った顔の三十歳ぐらいの男が入っていったが、あの男は客か」

「おそらく千太郎のことかと」

「知っているのか」

「借金の取り立て屋です。過酷な取り立てをしているようです」

家主は首を横に振り、

「なかなか取り締まれないようで……」

「なぜだ?」

「岡っ引きの親分さんも銀蔵から握らされているんでしょう」

「そうか。邪魔をした」

剣一郎は太助のところに戻った。

「金貸し銀蔵の家だそうだ。千太郎はここで借金の取り立てをしているそうだ」

剣一郎は自身番で聞いた話をし、

「引き上げよう」

と、伝えた。

「えっ、何もしないでいいのですか」

「あとは京之進に任せよう。かなり過酷な取り立てをしているようだ。そのあたりのことでまず京之進に取り調べてもらうのだ。それよりこっちは、丑松を探し出したい」

「わかりました」

剣一郎は太助とともに亀沢町にある『勝又』に向かった。

戸障子に畳の画が描いてある『勝又』の戸を開けて土間に入る。広い土間で職人たちが働いている。

親方が剣一郎に気づいて上がり框《かまち》までやってきた。

「青柳さま」

「丑松から何か言ってきたか」

剣一郎は編笠をとってきいた。

「いえ」

親方は不安そうにきく。

「青柳さま。丑松に何かあったのでしょうか。丑松の住む長屋に様子を見に行ったら、隣の部屋のかみさんが、信州にいる父親が危篤《きとく》なので帰ってくると言っていたそうなんです。あっしにはそんなこと言ってませんでした。第一、丑松の父親はとうに死んでいるんです」

「うむ」

剣一郎は吐息をつき、

「丑松は『大和屋』の辰五郎から信頼され、何かを頼まれたようだ。ところが、辰五郎が死んでしまい、丑松が何を頼まれたのか、周辺の者がきき出そうとしている。その煩《わずら》わしさから逃れたかったのではないか」

剣一郎は曖昧な説明をした。

「丑松は何を頼まれたのでしょうか」

「まだ、はっきりとはわからぬ」

「丑松の身に危険はないのでしょうか」

親方はなおもきいた。

「それはないと思う」

剣一郎はそう言うしかなかった。

「しかし、丑松が必要以上に怯《おび》えていることは考えられる。なんとか早く見つけ出したいのだ。丑松に女は？」

「いないはずです」

「わかった。もし、丑松の居場所に思い当たることがあれば教えてもらいたい」

「わかりました」

剣一郎は板の間の奥から二十七、八歳と思える職人がこっちを気にしているのに気づいた。剣一郎が顔を向けると、若い職人は立ち上がって奥に行った。太助も、その男に目をやっていた。

剣一郎の視線に気づいたのか、

「青柳さま、何か」

と、親方がきいた。

「今、奥に行った若い職人は誰だ？」

「光吉《こうきち》です。光吉が何か」

「光吉は丑松とはどうだったのだ？」

「うちじゃ一番仲はよかったようです。その光吉も丑松の行方はわからないと言ってました」

「そうか。何でもない。邪魔をした」

剣一郎と太助は引き上げた。

外に出てから、剣一郎は太助に言う。

「太助」

「光吉という男、何か言いたそうだった。光吉に近づいてみるのだ」

「わかりやした」

太助は力強く答えた。


その夜、屋敷に新兵衛がやってきた。

「ごくろう」

「中秋の名月の茶会に参加した茶人がわかりました。林田《はやしだ》流の林田勘斎《かんさい》どのです」

「林田勘斎か」

「ですが、茶会の参加者のことをきいても口が重く、話してくれません」

「わかった。わしが会ってみよう。住まいはどこだ?」

「深川《ふかがわ》の入船町《いりふねちょう》です」

「よし」

「盗人のほうですが、まだ、わかりません」

「そのことだが、やはり屋敷の中に盗人に与《くみ》した家来はいないと考えたほうがいい。だとすると、骨董専門の盗人が錠前破りの名人とつるんだという見方になる」

剣一郎は自分の想像を口にした。

「しかし、錠前破りにしたら茶碗などどうでもいいのではないか。せっかく土蔵に侵入したのなら千両箱から金を盗んでいくだろう。骨董専門の盗人は『芝夢』を、錠前破りは金を。だが、今回、金は盗まれていない」

「はい。狙いはあくまでも『芝夢』です」

「骨董品を専門とする盗人は錠前を破ることが出来たか、もしくは」

剣一郎は間を置き、

「錠前破りは盗人ではないかもしれない。錠前屋でもいい。骨董品を専門とする盗人が錠前屋を仲間に引き入れて盗みを働いたとも考えられる」

「なるほど」

「どんな錠前でも開けてしまう錠前屋を探し出したらどうか」

「わかりました。そうします」

新兵衛が引き上げて、ほどなく太助がやって来た。

「光吉に会ってきました」

『勝又』から引き上げる光吉のあとをつけ、御竹蔵《おたけぐら》を過ぎた辺りで声をかけたという。

「丑松のことで何かを知っているのではないかときくと、光吉はまだ言い渋っていたので、ほんとうは丑松は命を狙われているのだと言ったら、やっと口を開いてくれました」

「そうか」

「丑松は出て行く前、もう畳職人はやめると光吉に言い残したそうです。落ち着いたら、親方に会いに帰ってくる。それまでは、国に帰ったことにしておいてくれと」

「畳職人をやめる？　本気か」

「本気のようだったと光吉は言いました。で、どうするんだときいたら、新しくやり直すと」

「やり直す？」

「丑松には惚《ほ》れた女がいたそうです。一つ目弁天《べんてん》の向かいにある『明月《めいげつ》』という料理屋のおさきという女中です。丑松がいなくなる数日前に、おさきも料理屋をやめたということです」

「丑松はおさきのところに逃げたのか」

「光吉はそうだと言っています。どこかで、ふたりで暮らしているに違いないと。でも、畳職人をやめてどうやって暮らしていけるのか。もしかしたら、江戸から離れた土地で、畳職人として働くつもりかもしれないと思ったそうです」

「しかし、そうなら光吉は丑松のことをそれほど心配することはないと思うが」

「実直で、おとなしい丑松が急に別人のようになったことに驚き、そして最後の言葉が引っ掛かっていたと」

「なんだ？」

「妙な男が俺を訪ねてきても、今のことは喋《しゃべ》らないでくれと、丑松は最後に言ったということです。その言葉を聞いて、光吉は不審と同時に不安を抱いたそうです」

「丑松が急に変わったというのは辰五郎の死が影響しているのだろうか。それと、おさきという女とのことが気になる。明日、その料理屋に案内してくれ」

「はい、畏まりました」

「飯はまだだな？」

「はい」

「じゃあ、食べてこい」

「へえ」

「ぐずぐずしていると、多恵が呼びにくるぞ」

「わかりました。すぐ、食べてきます」

「ゆっくりでいい」

太助が部屋を出て行ってから、改めて丑松のことを考えた。

これまでの状況から、辰五郎は万が一の場合に備え、金の隠し場所を丑松に教えたか、隠し場所を示した地図を預けていたのではないか。そして、そのことを、番頭の馬之助、手代の亥之助、そして用心棒代わりの下男の寅次、さらには妾のおつたにも話していたのではないか。

辰五郎が死んだあと、馬之助たちは丑松を訪ねた。丑松は四人の前で隠し場所を明かした。

だが、馬之助と亥之助が殺され、自分も危ういと思った丑松はあわてて逃げたのだろう。その際、丑松は十二支の画を剣一郎に届けた。画の中に下手人がいるという示唆《しさ》だ。

丑松は逃げたが、寅次まで殺された。無傷なのはおつただけだ。やはり、疑いはおつたの間夫《まぶ》の千太郎に向かう。

金はおつたがすべて手に入れたのだろうか。このことは、京之進の探索に任せ、こっちは丑松を探そうと思った。

　太助が戻ってきた。続いて多恵もやってきた。

「おまえさま。今日、羊羹《ようかん》をいただきました。お召し上がりになりますか。太助さんもいただくでしょう」

「羊羹ですか」

　太助は舌なめずりをした。

「たまには剣之助と志乃《しの》も呼びましょうか」

　多恵が言った。

「うむ、呼んでくれ」

「では」

　多恵は部屋を出て行った。

　伜《せがれ》の剣之助は剣一郎の竹馬《ちくば》の友である吟味方《ぎんみかた》与力橋尾左門《はしおさもん》の下で見習いとして励んでいる。忙しい日々を送っており、ゆっくり言葉を交わす機会がなかなかなかった。

　剣一郎は目を細めて剣之助と志乃がやってくるのを待っていた。

「失礼します」

剣之助の声がし、襖が開いた。

剣之助と共に志乃も部屋に入ってきた。剣之助は凜々《りり》しい顔立ちで、体全体に若さが漲《みなぎ》っている。剣一郎はますます目を細くした。志乃は小作りの整った顔で、若妻らしい初々しさが滲《にじ》みでて、急に部屋が明るくなったような気がした。

「太助さん、お久しぶりです」

剣之助が太助に挨拶をした。

「関係ないのにお邪魔して申し訳ありません」

太助が小さくなって言う。

「いえ、太助さんのことはいつも母上から聞いてます。太助さんは家族同然ですから何の遠慮もいりません」

「そうです。私も、太助さんのことを兄のように思っています」

志乃が小さな口元を綻《ほころ》ばせると、太助は恐縮していた。

「さあ、いただきましょう」

多恵がそれぞれの前に羊羹を切って置いた。

その光景を眺めながら、娘のるいの姿がないことに剣一郎は一抹《いちまつ》の寂しさを覚えた。高岡弥之助《たかおかやのすけ》に嫁《とつ》いだるいはもう青柳家の……。

「おまえさま、どうかなさいましたか」

多恵が小声できいた。

「いや、別に」

「ひょっとしてるいのことを考えていたのではありませんか。お正月にはふたりで来ますよ。さあ、いただきましょう」

心の中を見透かされて、剣一郎は返す言葉もなく、羊羹に手を伸ばした。

四

翌朝、出仕した剣一郎は真っ先に同心の京之進を与力部屋に呼んだ。

京之進はすぐにやってきた。

「辰五郎の妾おつたの間夫は千太郎といい、大柄で苦み走った顔の三十歳ぐらいの男だ。本所入江町に住み、亀戸町にある金貸し銀蔵のところで借金の取り立てをやっている。調べてもらいたい」

「千太郎ですね。わかりました」

「馬之助と亥之助は金貸し五兵衛から金を借りていたということだったな」

「そうです。亥之助は三両、馬之助は五両です」

「千太郎は金貸し銀蔵が雇っている取り立て屋だ。偶然なのか。この辺りのことも」

「畏まりました」

「姿を晦《くら》ましている丑松は一つ目弁天の向かいにある『明月』という料理屋のおさきという女中といい仲だったらしい。丑松がいなくなる数日前に、おさきも料理屋をやめてどこかに行っている。丑松はそのおさきのところにいるかもしれない。わしは丑松を探す」

「はっ」

京之進が下がったあと、見習い与力がやってきた。

「宇野さまがお呼びにございます」

「あいわかった」

剣一郎は返事をしてすぐ立ち上がった。

年番方与力部屋に行くと、清左衛門が待っていた。

「長谷川どのがお呼びなのだ。『芝夢』の探索の件だろう」

清左衛門は顔をしかめ、内与力の用部屋の隣にある小部屋に入った。

長谷川四郎兵衛がやってきた。

「青柳どの。例の件はいかがか」

「はい。目下、鋭意探索しているところです」

「そんな呑気に構えてもらっていては困る。茶会は近づいている。それまでに見つけてもらわねばならぬのだ」

四郎兵衛はいらだったように言ってから、

「もし、茶会に間に合わなかったら、お奉行の顔に泥を塗ることになる。そうなったら、青柳どのに責任をとってもらう」

「長谷川どの」

清左衛門が口をはさんだ。

「それはありますまい。盗品を短期間で探し出せということ自体、無理な話。その責任を負うというのは……」

「宇野どの。お奉行が必ず見つけ出すと約束されたのだ。それが出来なければ、お奉行の面目《めんもく》が丸潰れ」

「そんな出来もしない約束をしたお奉行の責任ではないか」

「青柳どのなら必ず見つけだす。お奉行はそう思っていたのだ。そんなお奉行の期待を裏切ることになるのだ」

「無茶な」

清左衛門は呆《あき》れた。

「よいか。必ず探してもらいたい」

四郎兵衛は立ち上がって、

「必ずだ」

と、もう一度言い、部屋を出て行った。

「身勝手な御仁だ」

清左衛門が吐き捨てる。

「青柳どの。気にする必要はない。茶会に間に合わなかろうが、こっちの問題ではない」

「なんとか間に合わせたいと思っていますが、いまはまだ何とも……」

剣一郎は苦しそうに言う。

「盗人の手からすでに他の者に渡っているだろう。探し出すのは容易ではない」

清左衛門は憤然と言い、

「さあ、引き上げよう」

と、立ち上がった。

それから一刻（二時間）後、剣一郎は太助とともに一つ目弁天の向かいにある料理屋『明月』の土間で女将と会っていた。

「おさきはなぜ、ここをやめたのだ」

剣一郎はきいた。

「わかりません。突然でした」

女将は表情を曇《くも》らせた。

「おさきは器量好《よ》しで、お客さんに人気があったので、やめられたのは痛手でした」

「どこに行ったかわからないか」

「わかりません」

「畳職人の丑松という男を知っているか」

「丑松？　おさきのところによく通っていました」

「ふたりはいい仲だったのか」

「ただのお客だと思っていましたが……。ひょっとして、その男がおさきを唆《そそのか》して……」

「いや。まだわからぬ」

剣一郎は落ち着かせるように言ってから、

「おさきに言い寄ってくる客は他にもいたのではないか」

と、きいた。

「ええ、おりました。でも、おさきは巧みに切り抜けていました」

「では、丑松だけは違ったのだな」

「そんなふうには思えませんでしたけど」

女将はなにか歯切れが悪いように思えた。

「女将。知っていることは何でも話してもらいたい」

「ちゃんと話しているつもりですが」

「そうか。では、おさきは丑松にそれほど思いを寄せているようには思えなかったというのだな」

「ええ、まあ」

「すまぬが、おさきと仲のよかった朋輩《ほうばい》を呼んでもらいたい」

「えっ」

女将は困惑した。

「どうした?」

「いえ、おさきには特に仲のよかった女中はいないので」

「仲がよくなくともよい」

「…………」

「どうした?」

「いえ」

「女将。そなたには自分では口に出来ないことがあるようだ。ならば、おさきの朋輩からそれを聞き出すまでだ。そなたは何かを隠していると……」

「いえ、隠しているなんて」

女将はあわてた。

「どちらでもよい。そなたが話すか、おさきの朋輩を呼ぶか」

「申し訳ありません。お話しいたします」

「うむ」

「じつはおさきの面倒をみたいというお方がいらっしゃいまして」

「客か」

「大店《おおだな》の旦那です。どうかお名前はご勘弁を」

女将は手を合わせる。

「わかった。続けるのだ」

「はい。じつはおさきには借金がありました」

「借金？」

剣一郎は聞きとがめた。

「はい。母親が二年前から臥《ふ》せっていて。その薬代のために」

「どこが悪いのだ？」

「心ノ臓が悪いようです」

「父親は？」

「何年か前に亡くなっています」

「では、母親とのふたり暮らしか」

「さようです」

「で、借金はいくらぐらいだ？」

「二十両だと」

「二十両？」

「高麗人参を買うためだったということです」

「で、母親は？」

「ようやく元気になったようです」

「そうか。だが、借金は残ったままか」

「はい。そこで借金の肩代わりをその旦那が」

「その代わりに妾になれと？」

剣一郎は不快そうにきいた。

「はい。私も二十両なんて返せるわけはないので、旦那の申し出を受け入れたらどうだと言っていたのです。そんなときに、おさきはいなくなったのです」

女将は眉根を寄せ、

「店の者を、おさきの長屋に行かせました。すると、おさきと母親は引っ越したということでした」

「母親はもう動けるようになったのか」

「そうみたいです」

女将は続けて、

「家財道具は処分してくれと大家さんに言い残していたそうです」

「大家も行き先はわからないのか」

「わからないようです」

「借金はどうしたのだ？　そんなにあわてて引っ越して行ったのは、踏み倒したということか」

剣一郎は眉根を寄せてきいた。

「わかりませんが……」

女将は首を横に振った。

「おさきの世話をしたいと言っていた旦那は、引っ越したことに関わっていないのだな」

剣一郎は確かめる。

「はい。落胆していましたから」

「おさきが住んでいた長屋はどこだ？」

「林町《はやしちょう》二丁目で、二ノ橋の近くです」

「よし、わかった。邪魔をした」

剣一郎と太助は『明月』をあとにした。

竪川沿いを二ノ橋に向かった。

「おさきの引っ越しに、丑松が手を貸しているようですね。借金を踏み倒して逃げたのも、丑松の差し金でしょうか」

太助が考えを述べた。

「そうなると、丑松が姿を晦ましたのは、辰五郎の隠し金の件で命を狙われているからではないことになるが」

剣一郎は状況が変わったことに戸惑いを覚えた。

二ノ橋を過ぎ、林町二丁目に入った。長屋はすぐにわかり、長屋木戸をくぐった。路地にいた年寄りに大家の家をきいた。

年寄りは木戸の横にある家の裏口を指差した。

太助がそこに向かい、戸を開けて呼びかけた。

「ごめんくださいな」

すぐに、四角い顔で目の細い四十過ぎの男が出てきた。

「大家さんですかえ」

太助がきく。

「そうだが」

大家は細い目を向けた。

　剣一郎は編笠をとって大家の前に出た。

「青柳さまで」

「うむ。おさきのことできききたい」

「おさきのことですかえ。さあ、どうぞお上がりを」

「いや、ここでいい」

「さいですか」

　大家は板敷きの間に腰を下ろした。

　剣一郎は立ったまま、

「おさきと母親は引っ越したそうだな」

と、切り出した。

「はい、急でした」

「理由は？」

「母親の親戚の家で世話になることになったと言っていましたが、嘘です。親戚はいないと以前から言ってましたから」

　大家ははっきり言う。

「では、どうだと思ったのだ？」

「誰か別の人の世話になるのだと思いました」

少しためらってから、大家は口にした。

「妾か」

「はい」

「どうしてそう思うのだ？」

「借金を返したようなので」

「なに、借金を返した？」

剣一郎はきき返す。

「はい。取り立て屋が満足そうに引き上げていきましたから」

「取り立て屋が来ていたのか」

「はい、ときたま」

「借金は二十両と聞いたが」

「はい。利子が雪だるまのように増えて、借りた金の倍の二十両だと言ってました」

「おさきの世話をする男から金が出ていると思ったのだな」

「そうです」

「どこから金を借りていたかわかるか」

「金貸し銀蔵さんからです」

「なに、金貸し銀蔵……」

「そうです」

「取り立て屋の名はわかるか」

「いえ。ひとりは小肥りの丸顔、もうひとりは大柄で苦み走った顔の男でした。ふたりとも三十歳ぐらいでした」

千太郎だと思った。

「丑松という男がおさきを訪ねてきたかどうかわかるか」

「名前はわかりませんが、三十過ぎの長身で細面、目が大きくて鼻筋の通った男を何度か見かけたことがあります」

丑松に違いない。

もはやきくこともなく、大家の家を辞去した。

「おさきの借金、丑松が肩代わりしたのでしょうか」

太助がきいた。

「そうとしか考えられぬ。だが、丑松にそんな金があったのか……」

「金貸し銀蔵のところに行ってみますか」

「いや。大家から聞いた以上の話は聞けないだろう。千太郎にしても、おさきから二十両を受け取ったという答えが返ってくるだけだろう。京之進の調べを待とう」

「はい」

「わしはこれから入船町に行き、茶人の林田勘斎どのに会ってくる。そなたはまた『勝又』に行き、丑松に二十両もの貯えがあったかどうかきいてきてくれ」

「わかりました」

「今宵、また屋敷で」

「へい」

剣一郎は太助と別れ、二ノ橋を渡った。

五

富岡八幡宮《とみおかはちまんぐう》の前を素通りし、入船町にやってきた。

材木置き場が目につく。この先は材木問屋が集まっている。その手前の大島川《おおしまがわ》に沿った閑静などころに林田勘斎の家があった。

門に、林田流林田勘斎の看板があった。門を入り、戸口に立った。編笠をとり、戸を開けると香が炷《た》かれていて、甘い香りが漂っていた。

「ごめん」

剣一郎は土間に入って声をかけた。

十徳《じっとく》姿の若い男が現われた。内弟子のようだ。

「南町の青柳剣一郎である。林田勘斎どのにお会いしたい」

「茶室でお待ちでございます。ご案内いたします」

若い男は土間に下りた。

竹林を抜けると、苔《こけ》むした石灯籠《いしどうろう》が池のそばに立ち、前方に茅葺《かやぶ》きの庵《いおり》が見えた。踏み石を伝って庵に近づいた。

庭に面した側は小窓があるだけだ。左手ににじり口があった。そこが茶室だ。

「どうぞ」

若い男は上がるように言った。

つくばいで手を清め、剣一郎は先に刀を入れ、はいつくばるように狭いにじり口を抜けた。

炉《ろ》が切ってあり、赤々と炭が燃え、釜《かま》が湯気を上げていた。冷えた体に柔らかい温もりが伝わってきた。

やがて、水屋《みずや》から五十歳ぐらいの男が現われた。優雅な手付きで袱紗《ふくさ》を捌《さば》き、茶を点《た》てはじめた。

杓《ひしゃく》をとり、釜から湯を掬《すく》い、茶碗に入れる。茶碗を温め、湯を捨てる。なつめから茶杓《ちゃしゃく》で抹茶をとり、茶碗に入れる。

勘斎は湯を入れ、茶筅《ちゃせん》をつかった。

「どうぞ」

勘斎は茶碗を剣一郎の前に置いた。

剣一郎は少し前ににじり出て手をのばし、茶碗を膝の前に置いた。それから、剣一郎はあとずさり、元の場所に戻って、再び茶碗に手を伸ばして引き寄せた。

「お点前《てまえ》、頂戴いたします」

改めて左手のひらに茶碗を載せ、右手で支え、茶碗を二度まわして正面をずらし、一口含み、さらにもう一口を含んだあと、いっきに茶を飲み干した。

指先で口をつけたところを拭いた。

剣一郎は茶碗を見た。

「これは天目茶碗《てんもくぢやわん》でございますね。それも美濃……」

「さすが、青柳さま」

勘斎は感嘆した。

「仰る通り美濃でございます。宋《そう》の時代に天目山で偶然に茶碗に現われた神秘的な模様の曜変《ようへん》天目茶碗を美濃で再現させたもののひとつです。再現した曜変天目茶碗の最高傑作が『芝夢』でございます」

「なぜ、『芝夢』のことを?」

剣一郎はきいた。

「青柳さまが大貫佐賀守さまの茶会のことでお訊ねとお聞きしましたので。大貫さまの茶会といえば『芝夢』ですから」

「なるほど」

剣一郎は頷き、

「仰る通り、中秋の名月の茶会に参加された方々の名前を知りたいのです」

剣一郎は茶碗を勘斎の近くに置いた。

その茶碗をとって、

「なぜ、それを私にお訊ねになりますか」

と、勘斎はきき返す。

「じつは、大貫家の古川又四郎どのにお訊ねしたのですが、教えられないとのことでした。それで、勘斎どのに」

「大貫家が教えないのに、私が話していいものか」

勘斎は杓で釜から湯を汲《く》んで茶碗に注《そそ》ぐ。

「大貫家がなぜ教えてくれないのか、逆にそこが不思議なのです」

剣一郎は疑問を口にした。

「そうですな。なぜでしょうか」

「考えられることは……」

剣一郎は言いさした。

「なんでしょうか」

茶碗を濯《すす》いだ湯を捨てて、勘斎はきいた。

「客人の中に知られたくない人物がいたのではないかと」

「……………」

「ただ、この考えも腑《ふ》に落ちません。というのは、勘斎どのをはじめ、他の客人はその人物を見ているわけですから」

剣一郎は言ってから、

「勘斎どのは何か口止めされましたか」

と、訊ねた。

「いや、何も」

「茶会についておききしてよろしいでしょうか。お答え出来る範囲内で構いません」

「わかりました」

「茶会では皆さん、『芝夢』で茶を？」

「そうです」

「招かれた客は何名ですか」

「二十名以上はいたかもしれません」

「二十名？　名前は口に出来ないでしょうが、どういう方々が」

「………」

「武士と町人もいっしょですね」

「そうです」

「武士は大貫さまと親しい旗本衆」

「まあ、そういうことです」

その言い方に引っ掛かった。

「他にもいたのですね。ひょっとして大名も」

「ええ、身分の高いお方もお出ででした」

「そのお方は茶の嗜《たしな》みが？」

「かなりのものでした」

「そのお方の名は言えませんか」

「お許しください」

勘斎は頭を下げたが、

「この茶碗の産地と同じ名前でした」

と、茶碗を目の高さに上げた。

「美濃……。美濃守《みののかみ》さま？」

身分が高く、美濃守といえば……。

「もしかして、老中深見《ふかみ》美濃守さま？」

「…………」

勘斎は口を閉ざし、否定しなかった。

「青柳さま」

勘斎はおもむろに切り出した。

「『芝夢』の誘惑と申しましょうか。思いがけぬお方にお目にかかることがございます。しかし、私などは心配になります」

「心配ですか」

「お偉い方から『芝夢』を差し出せなどと言われたら、断れるのでしょうか。だから、茶会にお偉いお方をお招きするのは考えものではないかと。いえ、これは私が勝手に心配しているだけですが」

「身分の高いお方は茶の道に長《た》けているのですね」

「ええ、『芝夢』にかなり魅了されたようです」

「美濃守さまですね」

剣一郎はもう一度きいた。

「さあ、どうでしょうか」

勘斎は答えを濁したが、その目は認めていた。

大貫家は老中の美濃守の名を出したくないために、あえて客の全員の名を隠したのではないか。

老中が大貫家の茶会に出席したのは、勘斎が言うように『芝夢』の誘惑であろう。

しかし、なぜ、大貫家はそのことを隠すのか。

そこに何かの思惑《おもわく》が見え隠れする。

「今度の暮れの茶会に、そのお方も招かれているのでしょうか」

「そう思います」

「いろいろありがとうございました」

剣一郎は礼を言い、茶室から引き上げた。


その夜、屋敷に太助がやってきて、剣一郎と差し向かいになった。

「『勝又』の親方と光吉に確かめてきました。ふたりとも、丑松が二十両もの金を貯めていたとは思えないと言ってました」

太助はさっそく口にした。

「光吉はこう言っていました。仮に、貯えがあったとしても、おさきと母親の二人の面倒をみなければならないのだから、金の返済まで出来たとは思えないと」

「うむ。やはり、辰五郎の隠した金か」

剣一郎はそう思わざるを得なかった。

剣一郎はこれまでの経緯を、丑松の立場からもう一度、考えてみた。

辰五郎が死んだことで、金の隠し場所を聞いていた丑松は魔が差した。

おさきの借金のこともあり、隠し金の中から金を着服した。だが、辰五郎が死んで、金の隠し場所を教えるように馬之助たちから迫られた。馬之助たちは辰五郎から金の隠し場所は丑松に教えてあると聞いていたのだ。

丑松は馬之助たちに隠し金の在り処かを教えた。丑松はその金の一部を着服していたが、そのことを馬之助たちは気づいたかどうか。

数十両ぐらいだったら、丑松の着服には気づかなかったかもしれない。それなのに、丑松が姿を晦ましたのは馬之助と亥之助が殺されたからだ。次は自分が狙われる。そう思ったから、おさきと母親が引っ越した先に自分も逃げ込んだのではないか。事実、その後、下働き兼用心棒の寅次が殺されている。

隠し金はいったんは馬之助たちの手に渡ったはずだ。だが、そこに裏切り者が現われた。

おつただ。おつたは間夫の千太郎とつるみ、隠し金のひとり占めを図った。

だが、わからないことがある。十二支を擬人化した画だ。丑松はそれを剣一郎に届けた。そのわけだ。馬之助と亥之助が殺された時点では、誰が殺したかわかっていなかったはずだ。何者かが画に登場している者たちを殺しにかかっている。だから調べてくれという訴えだったのでは……。

「青柳さま」

太助が身を乗り出し、

「植村さまの探索はどの程度進んでいるのでしょうか。おつたが千太郎を使って馬之助たちを殺し、金をひとり占めにしたことに間違いないように思えるのですが」

「ただ、ひとつ気になることがある」

剣一郎は続けた。

「馬之助も亥之助も正面から心ノ臓に刃を突き刺されている。抵抗のあとはない。油断しているところを襲われたのだ。下手人は顔見知りであろう。寅次に僅《わず》かながら抵抗のあとがあったのは、用心棒をするぐらいの男だ。腕に覚えがあったので、ふいを衝《つ》かれても立ち向かうことが出来たのだ」

「千太郎は馬之助たちと顔見知りかどうかですね」

「そうだ。馬之助たちはおつたに間夫がいることを知っていて、なおかつ間夫とも親しくしていたのだろうか」

「そうですね。しかし、おつたに間夫がいるということは、馬之助たちにすれば主人への裏切りにほかなりません。間夫の千太郎と親しくなるとは思えませんね」

「ただ、間夫がいると知ったら、主人を裏切った女には分け前を渡さないと馬之助たちが言い出すことは十分に考えられる。だから、おつたは馬之助たちを千太郎に殺させた。こう考えたほうが、おつたが馬之助たちを殺そうとしたわけに納得出来る。だが、そうなると下手人が顔見知りだという説は怪しくなる」

剣一郎は唸ったあとで、

「ともかく、京之進の探索待ちだ」

「はい。ところで、林田勘斎と会っていかがでしたか」

「中秋の名月の茶会に、老中の深見美濃守さまが招かれていたことがわかった」

「ご老中ですか」

「古川又四郎どのは老中が客として来たことを隠したかったようだ」

「なぜなんでしょうか」

太助は首を傾げた。

「わからん」

剣一郎も首を振ったが、深見美濃守の存在が『芝夢』の紛失に大きく関わっているような気がしてならなかった。

第三章　髑髏《どくろ》の夢

一

翌日の昼下がり、剣一郎が木挽橋の袂《たもと》にある『梅の庵』の二階で待っていると、ようやく、古川又四郎がやって来た。

「お呼び立てして申し訳ありません」

剣一郎は謝した。

「いえ」

又四郎は寒そうに答える。

「どうぞ、手焙《てあぶ》りを。きょうはずいぶん冷えます」

剣一郎は勧める。朝から北風が強く、凍《い》てつくような寒さだった。

「すみません」

又四郎は手焙りに手をかざした。

やっと、又四郎の顔に生気が戻ってきた。

「落ち着かれましたか」

「はい」

「じつは確かめたいことがありまして」

剣一郎は切り出す。

「なんでしょうか」

又四郎は居住まいを正した。

「中秋の名月の茶会に招かれた武士のお名前を、先日は教えていただけませんでした」

「はい」

「なぜ、教えられないのか不思議でした。茶会に参加することを隠す必要などないはずです」

「…………」

又四郎の表情が翳《かげ》った。

「身分の高いお方がいらっしゃったのではありませんか」

剣一郎は確かめる。

「それは……」

やはり、又四郎ははっきりしない。

「なぜ、隠すのか。つらつら考えるに、ある想像に行き着きました」

茶人の林田勘斎と会ったことを隠すために、剣一郎はそういう言い方をした。

「想像ですか」

「そうです」

構わず、剣一郎は続ける。

「そのお方は『芝夢』に惹《ひ》かれて茶会にやって来られたのではありますまいか」

「……」

「そうなんですね」

剣一郎は迫るように確かめた。

間を置いてから、

「そうです」

と、又四郎はやっと認めた。

「そのお方は『芝夢』にかなりご執心《しゅうしん》なようですね」

「……」

「『芝夢』を譲ってくれと言われたのでは？」

「そんなことはありません」

又四郎はあわてたように言う。

「そうですか。そのお方からの頼みを断ったあと、『芝夢』がなくなった。そのお方が何者かに盗ませたのではないか。だが、疑ったことを知られたらたいへんなことになる。そこで、盗人《ぬすっと》を私に調べさせようと……」

「とんでもない。そんなことありません」

又四郎はむきになって答える。

「ほんとうに疑ってはいないのですね」

「はい。疑っていません」

又四郎ははっきり言う。

「では、名前を隠さずともよいように思えますが」

「迷惑がかかってはいけないからです」

「名を出したからと言って、疑いがなければ聞き込みに行くことはありません。それに、我らは、盗人のほうを調べているのですから」

剣一郎は又四郎の色白の顔を見つめ、

「もし違うのであれば違うと仰《おつしや》ってください。その身分の高いお方というのは、老中深見美濃守さまではありませんか」

「………」

又四郎は口を半開きにした。

「そうなんですね」

「どうしてそう思うのですか」

「身分の高いお方で茶の嗜《たしな》みがあるとすれば、ひょっとして美濃守さまではないかと思ったのです」

又四郎は溜め息をつき、

「そうです」

と、認めた。

「古川どのは盗難の背後に美濃守さまがいるのではないかと思っているのではありませんか」

剣一郎はもう一度同じことを確かめた。

「いえ、違います。美濃守さまがそのようなことをするはずありません」

又四郎は言い切った。

確かに、美濃守が盗人を雇って『芝夢』を盗ませたと考えるのは無理がある。そこまでして『芝夢』を……。剣一郎ははっと気づくことがあった。

「茶会にどうして、美濃守さまをお招きになったのですか」

剣一郎は鋭くきいた。

「美濃守さまがかねてから『芝夢』で茶を服したいと仰っていたのを聞いて、殿がお招きになったのです」

「やはり、『芝夢』が絡《から》んでいるのですね」

「………」

又四郎は何か言いたそうだったが、すぐ口を閉ざした。

「困った事態を考えなかったのですか」

「困った事態とは？」

「『芝夢』が欲しいと美濃守さまが仰ったら、どうなさるおつもりでしたか」

剣一郎は大胆なことを言う。

「殿はそこまでは考えていなかったと思います」

「そうでしょうか」

「えっ？」

「それが、大貫さまの狙いだったのでは？」

「どういうことですか」

又四郎は動揺した。

「大貫さまは、かねてから美濃守さまが『芝夢』にご執心なのを知っていて、茶会にお招きになった。『芝夢』を見れば、ますます欲しくなるはずだと見通していた。いかがですか」

「ばかな……」

「大貫さまは、美濃守さまに『芝夢』をお譲りするつもりだったのではありませんか。そのことを美濃守さまも承知していた。だから、美濃守さまが盗人を雇って『芝夢』を盗ませることなどありえないと、古川どのははっきり否定されたのです」

「…………」

「いかがですか」

「仰るとおりです」

又四郎は言い、

「殿はお役に就《つ》きたいがために美濃守さまにお縋《すが》りしたのです」

「その代償が『芝夢』ですか」

「暮れの茶会が済んだあとに、美濃守さまに進上することになっていたのです。その『芝夢』が盗まれたのです」

「大貫家にとっては非常事態というわけですね」

「そうです。暮れの茶会までに『芝夢』が戻らないと、『芝夢』を失い、さらにはお役にも就けないということになります」

又四郎は身を乗り出し、

「青柳さま。どうか、『芝夢』を取り戻してください。このとおりです」

と、深々と頭を下げた。

「盗人を捕らえ、盗まれた品を取り戻す。そのために全力を尽くします。ですが、贈賄のために取り返すわけではありません」

剣一郎ははっきり言った。

「わかっています」

又四郎は恥じ入るように俯《うつむ》いた。

直参《じきさん》の中でお役に就けない旗本《はたもと》・御家人がかなりいる。その中で一万石未満三千石以上を寄合《よりあい》、三千石未満を小普請《こぶしん》といった。大貫佐賀守と鳥海甲斐守は同じ三千石で、寄合である。大貫佐賀守は非役の身に耐え切れず、御番入りを果たそうと焦っているようだ。鳥海甲斐守もまた同じだ。

又四郎のあとから、剣一郎も『梅の庵』を出た。強風は埃《ほこり》を舞い上げた。

今日は朝から風が強かった。いつもなら、剣一郎も風烈廻り与力として礒島源太郎と大信田新吾と共に町廻りに出るのだが、ふたりに任せた。

今時分、どの辺りを廻っているのだろうかと思いながら、奉行所に向かった。


奉行所に戻ると、京之進が待っていた。

与力部屋の隣の部屋に移動し、差し向かいになった。

「千太郎について調べました。もともと深川の櫓《やぐら》下にある女郎《じょろう》屋で客引きをしていたそうですが、客と喧嘩し、怪我を負わせてやめる羽目になり、それから金貸し銀蔵のところで借金の取り立てをしているとのことでした」

京之進は続ける。

「千太郎が『うさぎ』のおつたと親しくなったのは一年ほど前からです。客として『うさぎ』に通いだして懇《ねんご》ろになったようです」

「金回りはどうだ？」

「それが、暮らしが派手になったとか、働かなくなったとか、大金を手にした様子は見受けられません」

「用心して使わないようにしているのか」

「そうかもしれません。それから、『うさぎ』の常連客から聞いたのですが、馬之助と亥之助は店で会っていたそうです。ふたりはときたま客として『うさぎ』に行っていたようです」

「主人の妾《めかけ》だから、気にしていたのだろう」

「そうでしょう」

「ひょっとして、そこでふたりは千太郎と顔を合わせているのか」

「そのようです。ふたりを殺した下手人が顔なじみだとしたら、まさに千太郎は条件に当てはまります。日傭取《ひようと》りをしていた寅次には会っていませんから、寅次は警戒していたのでしょう」

　京之進はさらに、

「言い忘れていましたが、金貸し銀蔵は馬之助たちが金を借りていた金貸し五兵衛から暖簾《のれん》分けしたところだそうです」

「暖簾分け？」

『うさぎ』で知り合った馬之助と亥之助に、千太郎が金貸し五兵衛のことを教えたとも考えられませんか」

「そうだな」

「いずれにしろ、千太郎は馬之助や亥之助と顔なじみだったのは間違いないようです」

「だが、まだそれだけでは、千太郎が馬之助たちを殺したということにはならぬ」

「はい」

「殺しの現場の近くで、千太郎を見た者がいればいいが」

「残念ながら、怪しい人物を見ていた者はおりません。ただ、馬之助の長屋に、千太郎らしい男がやってきていました。馬之助が留守で会えなかったようですが」

「千太郎らしい男を見たのはひとりだけか」

「他にも気づいた者はいましたが、後ろ姿しかみていません。ですから、千太郎だとはっきりいうことは出来ません」

京之進は無念そうに言った。

「寅次殺しのほうでも手掛かりはないか」

剣一郎は確かめた。

「残念ながら。ただ、殺される数日前から寅次のことをきいていた不審な男がいたそうです。その男は千太郎とは体つきは違っていましたし、殺しと関わりがあるかどうかわかりません」

「何をきいていたのだ？」

「橋桁《はしげた》の修繕現場で、寅次という男はいないかと声をかけていたそうです。その後、寅次はいつから長屋にいるのか、独り暮らしか、親しい友はいるのかなどきいていて」

「何のためにそのようなことをきくのかわからぬ。それが殺しと結びつくとは思えないが……」

「ええ、千太郎から頼まれてきいているのかとも考えたのですが」

「確かに、千太郎は馬之助と亥之助には会っているかもしれないが、下働きだった寅次の顔は知らなかったとも考えられる。だが、顔を覚えるためなら自分で修繕現場に行くはずだ」

「ええ」

「思った以上に手ごわい相手かもしれぬ、千太郎は……」

「青柳さま」

京之進は厳しい顔で、

「千太郎に正面からぶつかってみようと思うのですが。疑われているとしたら、何かぼろを出すかもしれません」

と、訴えるように言った。

「そうだな。だが……」

剣一郎は懐疑的だった。

「大金を手にしたのなら、金遣いが荒くなったり、贅沢《ぜいたく》になったりするのではないか。それがないことが気になる。用心しているのだとしたら、すべてにおいて気を配っているに違いない。そんな相手に何の証《あかし》もなくぶつかって、とぼけられたら、それまでだ。やはり、もう少し何か決め手が欲しい」

「そうですね」

京之進は溜め息をついた。

「まだ、千太郎の前には顔を出していないのだな」

剣一郎は確かめる。

「はい。周囲から聞き出しただけです」

「よし、おつたから攻めてみよう。わしがおつたにもう一度会ってみる。おつたがどう出るか」

剣一郎は言ったあとで、

「念のために、寅次のことをきいていたという男についてもう少し調べてくれぬか。千太郎とつながりはないと思うが」

「畏《かしこ》まりました」

京之進は下がり、剣一郎はすぐに外出の支度《したく》をした。

二

半刻（一時間）後、剣一郎は本所北森下町の呑み屋『うさぎ』の戸を開けた。まだ、暖簾はかかっていない。

「これは青柳さま」

おつたが奥から出てきた。

「少し、よいか」

「はい。よろしかったらどうぞ」

おつたは小上がりを勧めた。

「ここに座らせてもらおう」

剣一郎は刀を外して上がり口に腰を下ろした。

おつたも剣一郎の横に並んで座った。

「辰五郎から金の隠し場所を聞いていないということであったな」

「はい。聞いていません」

「番頭の馬之助、手代の亥之助、そして下男の寅次の三人を殺した下手人はまだ見つかっていない」

「そうですか」

おつたは表情を曇《くも》らせた。

「なぜ、三人が殺されたのか、思い当たることはないとそなたは言っていたが、やはり隠し金を巡ってのことだ。金の隠し場所は畳職人の丑松が知っていた。馬之助たちは、丑松が知っていることを辰五郎から告げられていたようだ」

「……………」

「そなたも、丑松が知っていると辰五郎から聞いていたのではないか」

「いえ、知りません」

「今、丑松は行方を晦《くら》ましてどこにいるかわからない。他の三人は死んでしまった。残るはそなただけなのだ」

「………」

「なぜ、そなただけ、襲われていないのか」

剣一郎は鋭く衝《つ》いた。

「私はお金のことを何も知らないからですよ」

「それは考えられぬ。辰五郎はあえて十二支の画《え》を丑松に渡したのだ。丑松だけに金の隠し場所を教え、他の者には丑松が知っていることを伝えた。その中に、そなたも入っている。違うか」

「違います」

「百歩譲って、そなたがほんとうに知らなかったとしよう。しかし、馬之助たちを殺した下手人はそなたも知っていると思っているに違いない。だから、馬之助たちと同じように、そなたを亡き者にしようとするはずだ。それがないことで、そなたにある疑いが向けられることになる」

「疑い？」

「そなたが下手人側だということだ」

「とんでもない」

おつたは立ち上がって叫んだ。

「私はひと殺しの味方じゃありません」

「おつた。そなたには間夫《まぶ》がいるな」

「………」

おつたは息を吞んだ。

「どうなんだ?」

「いません」

「隠し立てすると、ますます不利になる。もう一度きく。間夫がいるな」

「いません」

「そうか。では、千太郎とはどういう関係だ?」

あっ、とおつたは悲鳴を上げた。

「そなたは今、微妙な立場にいるのだ」

おつたは力なくもう一度、上がり口に腰を下ろした。

「千太郎とはどういう仲だ?」

「はい。親しくしています」

「間夫でいいのか」

「はい」

「いつからだ？」

「一年前からです」

「辰五郎が恩赦《おんしゃ》で江戸に帰ってくるかもしれなかったはずだ。辰五郎が帰ってきたら、どうするつもりだったのだ？」

「わかりません」

「辰五郎に隠れて付き合っていくつもりだったようだな」

「……はい」

「わしは不思議に思っていた。なぜ、辰五郎は金の隠し場所をそなたに告げなかったのか。本来であれば、丑松ではなく、そなたに告げるべきではなかったか。今、辰五郎の気持ちがわかった」

「…………」

「そなたはすぐに間夫を作るのではないか。辰五郎はその不安を抱えていたのだ。だから、そなたには金の隠し場所を伝えなかった。伝えれば、間夫といっしょに金を使い込んでしまうだろうと思ったのだ」

おつたは俯いている。

「それでも辰五郎は馬之助たちと同じように、そなたに丑松のことは伝えたはずだ。辰五郎が死んだあと、そなたは丑松から金の隠し場所を聞いたのだろう」

「聞いていません」

おつたは顔を向けて言う。

「まだ、しらを切ろうとするのか」

「ほんとうです。確かに、旦那は金の隠し場所は丑松が知っている。俺にもしものことがあれば馬之助、亥之助、寅次らと金を分けろと言っていました。旦那が死んだあと、馬之助と亥之助がやってきて、旦那の手紙だといって見せたんです。そこには、私に他に男が出来たら一銭たりともやらないと」

「その手紙を見たのか」

「はい、見ました。旦那の字でした」

「馬之助と亥之助は千太郎のことを知っていたのだな」

「知っていました。ふたりは私を見張っていたのです。ときたまここにやって来たのはそのためです」

「なるほど。だから、金のことは教えてもらえなかったというのか」

「そうです」

おつたはまっすぐ目を向けて答えた。

辰五郎は疑い深い性分だったと言うから、今の話はあり得なくない。自分が留守の間、おつたは必ず他に男をこしらえる。そう思っていたことは想像に難《かた》くない。

「しかし、蚊帳《かや》の外に置かれ、そなたは面白くなかったろう」

「……はい」

「そのことを千太郎に話したか」

「………」

また返事がなかった。

「どうなんだ？」

「話しました」

「千太郎はどうした？　ふざけるなといきりたったか」

「ええ、まあ」

「分け前を寄越せと馬之助のところに乗り込んだのか」

「いえ、止めました。そんなことをしたってどうしようもないからです」

「千太郎はおとなしく引き下がったか。そなたの声を無視して馬之助と話し合いに行ったのではないか。そこで……」

「違います。会いに行ってません」

「しかし、そなたが知らないだけでは?」

「そんなことありません」

「そなたはほんとうに千太郎を信じているのか。馬之助たちを殺したのは、千太郎の仕業ではないかと疑っているのではないか」

「………」

「そうなんだな」

「でも、あのひとはやっていないとはっきり言いました」

「嘘をついているのでは?」

「いえ……」

「隠してあった金は今どこにあると思うか」

「丑松さんが持って逃げたんじゃないですか」

「馬之助たちを殺した者が手に入れたはずだ。丑松が殺し屋を雇ったとは思えぬ。そう考えると、もっとも怪しいのがそなたと千太郎ということになる」

「私は金の隠し場所を教えてもらっていません」

おつたは悲鳴を上げるように訴えた。

「馬之助の長屋に千太郎らしき男が現われている。千太郎かどうかははっきりわからないが」

「…………」

「千太郎に伝えろ。身の潔白を明かすために定町廻り同心の植村京之進のところに行けと。そこで申し開きをするのだ。来なければ、疑いが増すとな」

「わかりました」

おつたは厳しい顔で答えた。


剣一郎が奉行所に戻ると、今度は作田新兵衛が与力部屋にやって来た。

「青柳さま。どんな錠前《じょうまえ》も開けてしまうという錠前破りを見つけました」

新兵衛が報告する。

「芝《しば》の神明町《しんめいちょう》の長屋に住む錠前屋の長蔵《ちょうぞう》という年寄りです。最近、かなり金回りがよいようで、神明宮裏の料理屋に出入りし、若い女中を座敷に呼んでいます。金回りのよいわけをきくと、押し黙って答えようとしません」

「うむ」

「それで、大貫家の土蔵の話をしたら急に落ち着きをなくしました。頼まれただけだとか、俺は何も悪いことをしちゃいないと言い訳をはじめたのです。それで、ちょっと乱暴かとも思いましたが、長蔵を三四《さんし》の番屋に」

「しょっぴいたのか」

「はい。青柳さまにお出ましいただければと思いまして」

「よし」

剣一郎は立ち上がった。

奉行所を出て、楓川《もみじがわ》沿いの本材木町《ほんざいもくちよう》三丁目と四丁目の間にある大番屋に剣一郎は駆けつけた。

新兵衛が奥の仮牢から年寄りを連れてきた。不精髭《ぶしようひげ》は白く、片方の眉毛が薄い。

長蔵は莚《むしろ》の上に座らせられた。

「錠前屋の長蔵か」

剣一郎は声をかける。

「げっ、青痣与力」

長蔵はのけぞった。

「どうした、何をそんなに驚いている？」

新兵衛が訝《いぶか》ってきいた。

「いえ、なんでも」

長蔵は顔を俯けた。

剣一郎は長蔵の顔を見つめ、

「長蔵、顔を上げよ」

「へえ」

長蔵はなかなか顔を上げようとしない。

剣一郎の頭の中が目まぐるしく廻りだした。昔の出来事が幾つも重なって蘇《よみがえ》ってくる。錠前破り……。あっ、と剣一郎は叫んだ。

「そなたはあのときの錠前屋か」

剣一郎は思わず声を高めた。

「青柳さま。御存じで？」

新兵衛がきいた。

「うむ、十年以上前だ。ある商家の土蔵に飼い猫が紛れ込んだ。それを知らずに番頭が扉に鍵をかけた。夜になって子どもが可愛がっていた猫がいないことに気づいた。すると、土蔵の中から猫の鳴き声が聞こえ、急いで土蔵の鍵をとりにいったが、見当たらないのだ。長い間、土蔵に閉じ込められた猫の鳴き声がだんだん弱々しくなっていった。子どもも早く猫を助けてと泣き出した」

剣一郎は長蔵を見ながら続ける。

「わしも応援で、錠前屋を連れてその商家にかけつけたが、その錠前屋も開けることは出来なかった。そんなとき、子どもの泣き声を聞き付けて庭に入ってきた三十半ばぐらいの男がいた。自分も錠前屋だと言い、土蔵の錠を開けたのだ。その瞬間、その場にいた者から盛大な歓声が上がったのを今でも覚えている」

剣一郎は息継ぎをした。

「錠を開けた男は礼をしたいという商家の旦那の引き止めに耳を貸さず、そのまま引き上げた。わしはその男が当時出没していた幻小僧《まぼろしこぞう》という盗人ではないかと直感した。商家に忍びいり、土蔵の錠前を開け、金を盗んだあとまた錠前をかけていく。そんな盗人だった。わしはその男を呼び止め、せっかく人助けをしたのだ。これからは、お天道様に恥じないような生き方をしてくれと言ったのだ。

それから、幻小僧は現われなくなった」

「青柳さまの言葉がその男の心に響いたのですね」

新兵衛は言ってから、

「そのときの男がこの長蔵なのですか」

と、きいた。

「そうだ。久しぶりだ。十五年ぶりか」

剣一郎は懐かしそうに言う。

「知らねえ。俺は知らねえ」

長蔵が顔を背《そむ》ける。

「なら、なぜわしを知っていた？」

「青痣与力のことは江戸の者ならみんな知ってます。あっしが知っていたってちっとも不思議じゃねえ」

「それなら、なんであんなに驚いたのだ？」

新兵衛が迫る。

「それは目の前に青痣与力がいたから驚いたんだ」

長蔵は言い訳をする。

「長蔵、あのときの錠前破りはそなただ」

剣一郎は断言した。

「猫を助けたそなたの義俠心《ぎきょうしん》に免じ、今後盗みをやめれば見逃そうと思ったのだ。続けていれば、いつかお縄になり、獄門台の上に首を晒《さら》すことになる。そうなって欲しくなかったからだ」

「………」

「わしはそなたが堅気《かたぎ》になったのだと信じていた。錠前破りの名人が盗人の仲間にいると疑っても、まさかそなただとは想像さえしなかった」

長蔵はうなだれている。

「せっかく、堅気の暮らしを送っていたのに、いつからそなたは……。わしは悔しくてならぬ」

剣一郎は長蔵を睨《にら》みつけた。

「わしは若き日、そなたが自分の素姓がばれるかもしれない危険を冒《おか》してまで土蔵の錠前を開けたことに感銘を受け、堅気になれというわしの言葉に従って盗みをやめたことに敬意を払っていたのだ」

「青柳さまがそんなふうに思ってくださっていたとは……」

　長蔵は声を詰《つ》まらせた。

「青柳さま。弁解はしねえ。あっしが大貫さまの屋敷の土蔵の錠前を破りました」

「認めるのか」

「へえ。盗人の男に誘われたんです。いつもなら撥《は》ねつけていたのですが、そのときはつい魔が差して」

「誘ったのはどんな男だ?」

「細身の精悍《せいかん》な顔をした男です」

「名前は?」

「名乗りませんでした」

「ひとりか」

「声をかけてきたときはひとりでしたが、お屋敷に忍び込むときはふたりでした」

「ふたりか」

「ええ、もうひとりは恐ろしく身の軽い男で、簡単に塀を攀《よ》じ登りました。まるで猿みたいな男で」

「猿……」

剣一郎は巳之助と猿の久助を思いだしながら、

「どうやって誘ってきたのだ？」

と、きいた。

「錠前屋として町を廻っているとき、声をかけられ、土蔵の錠を開けてもらいたいと。謝礼は十両。茶碗《ちゃわん》だけで、金には一切手を触れない。そう言いました。盗むのが茶碗だけなら気に病むことはないと」

「騙《だま》されているとは思わなかったか」

「いえ。嘘をついているようには思えませんでした」

「そのときは撥ねつけなかったのはどうしてだ？　料理屋の女中に夢中になったから金が欲しかったのか」

「あの女中、あっしの死んだだちの娘なんです。少し応援してやろうと思いまして。あの女中は父親とあっしに付き合いがあったことは知りません」

「娘を応援するために通っていたのか。まとまった金を上げようとは思わなかったのか」

「へえ、あまり綺麗《きれい》な金ではありませんから」

「謝礼として十両をもらったということだが、土蔵には千両箱もあったはずだ。なぜ、手を出さなかったのだ？」

「盗みを働くことになるので手は出しませんでした」

「しかし、茶碗を盗むことに手を貸している」

「仰るとおりです。ただ、あっしとしては錠前を破るように頼まれただけだと考えようとしていたんです」

「都合のいい考えだ」

「わかっています。でも、あっしはひとの物は盗んでいません。まあ、そうはいっても、共犯には変わりません」

長蔵は自嘲ぎみに言った。

「土蔵の中に小部屋があったはずだが？」

「ええ、ふたりの盗人は舌打ちしていました。小部屋にも錠がかかっていましたから」

「それも開けたのか」

「へえ」

「で、ふたりはどうした？」

「茶碗の入った桐《きり》の箱を開けて、中を確かめながら、次々に調べていました。そして、狙いの物が見つかったらしく、その茶碗を布で包み、別の茶碗を入れて箱を元通りにし、鍵をかけて逃げました」

「そうか、ふたりは小部屋に鍵がかかっていることを知らなかったか」

「ええ」

これで大貫家に盗人と通じている者がいるという疑いはなくなった。

「そなたはふたりの顔を覚えているか」

「もちろんです」

「よし。盗人が捕まったときに顔を確かめてもらう」

「それはもちろんです」

剣一郎は新兵衛に顔を向け、

「長蔵を解き放してやろう」

「いいんですか」

「肝心のふたりの盗人が捕まらなければ、長蔵の罪も問えまい」

「わかりました」

新兵衛は長蔵に向かい、

「青柳さまに感謝するのだ」

と、言う。

「へえ、いいんですかえ」

長蔵は信じられないというような顔をしてきく。

「長蔵。そなたの腕を見込んで、また同じ盗人から誘いがかかるかもしれない。そのときはどうする？」

「もちろん、断ります」

「いや、引き受けるのだ」

「えっ？」

「ただし、忍び込む場所と日時をこっそり新兵衛に知らせるのだ」

「わかりやした」

「新兵衛、長蔵とそのときの連絡の手立てをふたりで決めるのだ」

「畏まりました」

「では、あとを頼んだ」

剣一郎は大番屋を出た。

頬《ほお》に冷たいものが当たった。どんよりとした空から雪が降ってきた。剣一郎は奉行所に急いだ。

　奉行所の大門脇の小門をくぐったとき、ちょうど同心詰所から京之進が出てきた。

「ちょうどよかった」

　剣一郎はおつたとのやりとりを話し、

「千太郎からそなたのところに申し開きに来るように伝えてあるが、くるかどうか。明日までに千太郎から何の連絡もなければ、こっちから行くのだ」

「わかりました」

　剣一郎は京之進と別れ、与力部屋に戻った。


　その夜、八丁堀の屋敷に太助がやって来た。

「まだ降っているようだな」

「ええ。でも、小雪です」

「では、直に止むか。ずいぶん、寒そうだな。さあ、温まれ」

　火鉢《ひばち》に当たるように勧めた。

「へい、すみません。遠慮なく」

太助は手をかざした。

「やっと人心地がつきました。今日はずっと外にいたので、すっかり体が冷えてしまいました」

「猫探しか」

今日、太助は朝から本業の猫に関わる仕事をしてきたのだ。

「ええ。野原でやっと見つけました。なんで、あんな遠くに行ってしまったのか不思議です」

太助は言ってから、

「何か進展はありましたか」

と、きいた。

「だいぶあった。それより飯を食ってこい。それから話してやる」

「わかりました。急いで食ってきます」

太助が部屋を出て行ったあと、ふいにあることが頭に浮かんだ。

長蔵の話から、『芝夢』を盗んだのは巳之助と猿の久助の可能性もあると思った。

しかし、土蔵から物を盗むことはしない巳之助と猿の久助が、長蔵を手伝わせて土蔵に忍び込んだのだ。誰かに頼まれたのだ。

剣一郎は十二支の画を取り出した。

座敷にいる竜と両脇の馬と猪《いのしし》、その前に蛇の巳之助と猿の久助がいる。襖《ふすま》を隔てて隣の部屋に鳥の鳥海甲斐守と家来。

鳥海甲斐守は巳之助と猿の久助を知っているのではないか。さらに、鳥海が大貫佐賀守に『大和屋』を引き合わせている。

まさか、鳥海甲斐守が『芝夢』を……。その考えに没頭し、剣一郎は太助が戻ってきたのにも気づかなかった。

三

翌日の昼前、剣一郎は木挽橋の袂にある『梅の庵』の二階で、昨日に引き続き、古川又四郎と会った。今朝、使いをだしたのだ。

「鳥海甲斐守さまについて教えていただきたいのです」

剣一郎は口を開いた。

「鳥海さまですか」

又四郎は不思議そうにきき返した。

「ええ」

剣一郎は頷《うなず》いてから、

「その前にもう一度お訊ねしますが、大貫さまは、老中深見美濃守さまに『芝夢』を贈り、お役を手に入れようとしているのですね」

と、確かめた。

「ええ、まあ」

又四郎は渋い顔をした。

「鳥海さまはどうですか。やはり、お役に就きたいと思っていらっしゃるのでは？」

「そうかもしれませんが」

「鳥海さまは大貫さまがやろうとしていることをご存じなのでしょうか」

「やろうとしていることとは？」

「美濃守さまに『芝夢』を贈ろうとしていることです」

「茶会に美濃守さまを招いたことなどから察していると思います」

「美濃守さまが『芝夢』を欲しがっていることも、鳥海さまは当然ご存じでしょうね」

「青柳さま。何か」

又四郎は不安そうにきいた。

「ただ、事実を確かめたかっただけです」

「まさか、鳥海さまが……」

又四郎はあとの言葉を呑んだ。

「このことは我らにお任せを」

「しかし、鳥海さまが黒幕だとしたら……」

「古川どの。なんら証のないことですからお控えなさるように」

剣一郎は注意をした。

「しかし、茶会まで日はありません」

又四郎は焦ったように言う。

「茶会はいつでしたか」

「師走《しわす》の十六日です。あと十日足らずです」

「せっかく『芝夢』を取り戻しても、それがすぐ人手に渡ってしまうと思うと、複雑な思いがします」

剣一郎は少し皮肉を込めた。

「青柳さまの仰りたいことはよくわかります。しかし、どうか十六日までに『芝夢』を当家に。どうか」

又四郎は先に引き上げ、剣一郎も『梅の庵』を出た。


奉行所に戻った剣一郎は宇野清左衛門に会った。

「宇野さま。お願いがございます」

「うむ、何かな」

「その前に、『芝夢』のことですが、少し困った事態になるかもしれません」

「困った事態？」

「はい。大貫さまは『芝夢』を賄賂《わいろ》として老中深見美濃守さまにお贈りすることになっていたようです。見返りはお役です」

「お役？」

「はい。さらに、鳥海甲斐守さまも老中深見美濃守さまにお役に就けてほしいと頼んでいるのではないかと思われます」

「鳥海さまが？」

「はい。ただ、こちらの件はあくまでも私の想像です。ほんとうにお役に就けてほしいと願い出ているかわかりません。そこで、鳥海さまの動きを」

「御徒目付《おかちめつけ》どのに確かめてみる」

「いえ、鳥海さまのお屋敷のご家老、犬山喜兵衛どのにお会い出来るようにお取り計らいをお願いしたいのですが」

「ご家老の犬山喜兵衛どのか」

清左衛門は困惑した。

「それから美濃守さまは大貫さまをどのお役に就けようとしているのか。つまり、どのお役が空《あ》いているのか、もしくは空くのか」

「うむ」

「そのお役を、鳥海さまも狙っているのではないかと思っております」

「大貫さまと鳥海さまがお役をめぐって美濃守さまに賄賂攻勢をかけているというのか」

「はい。大貫さまにとって『芝夢』は切り札です。このままでは、お役は大貫さまのものでしょう。それを阻止するために『芝夢』を盗んだ。私はそう考えました」

「しかし、それはあまりにも大胆な考えではないか。鳥海さまが美濃守さまに近づいているという事実はまだ確かめられていないではないか」

清左衛門は慎重になった。

「仰るとおりです」

「それなのに、そう考える根拠はなにか」

「じつは大貫家の土蔵の錠前を破った男を新兵衛が見つけ出しました」

「なに、錠前破りを見つけたのか」

「はい。長蔵という錠前屋です。長蔵は盗人から頼まれたそうです」

剣一郎はその経緯を説明した。

「長蔵の話では、盗人はふたり。ひとりは細身で精悍な顔をしていて、ひとりは猿のように身の軽い男だったそうです」

「猿のように?」

「はい。これをご覧ください」

剣一郎は十二支の画を取り出した。

「ふたりの盗人はこの蛇と猿です。巳之助と猿の久助です。問題はこの武士です。鳥は鳥海甲斐守さま、犬はご家老の犬山喜兵衛どのでしょう」

「うむ」

清左衛門は画を見て頷く。

「つまり、鳥海さまは巳之助と猿の久助を知っているのではないでしょうか。このふたりに頼んで、『芝夢』を盗ませたのではないかと。巳之助と猿の久助は大貫家の土蔵に『芝夢』があることは誰かから聞かなければ知らなかったはずです」

剣一郎は続ける。

「それに、巳之助と猿の久助は土蔵に忍び込むために長蔵を仲間に引き入れているのです。あくまでも『芝夢』を盗むためです」

「なるほど」

「このあたりのことを、ご家老の犬山喜兵衛どのから探ってみたいのです」

「しかし、仮にそうだとしても、犬山どのは認めはしまい」

「はい。しかし、犬山どのの反応で何かがわかるかもしれません」

「わかった。犬山どのに会えるようにしよう。しかし、どのような理由をつけるか」

清左衛門は首をひねった。

「まあ、いい。理由はなんとでもなる」

「申し訳ありません」

「それにしても確かに困った事態だ。『芝夢』が鳥海さまの屋敷内にあるとしても、それを取り返す手立てはない。はっきりした証があればともかく、状況だけで旗本を疑うことは……」

「『芝夢』が鳥海さまの屋敷の土蔵の中にあると判明しても、どうする術《すべ》もありません」

剣一郎は悔しそうに言い、

「そのことはともかく、真実だけは摑《つか》んでおきたいのです」

「わかった。鳥海甲斐守さまのご家老犬山喜兵衛どのの件、それから老中深見美濃守さまに関わるお役の件、さっそく手を打とう」

「お願いいたします」

「それにしても、いつもいつも青柳どのには難儀なことばかりおしつけて申し訳なく思っておる」

「何を仰いますか。これが私の役目です」

剣一郎は当然のように言った。

与力部屋に戻ると、京之進が待っていた。

「申し訳ありません。待たせていただきました」

「うむ、何か」

「千太郎が三四の番屋にやって来たと使いがきました」

「そうか」

「青柳さまもごいっしょのほうがよいかと思いまして」

「よし。会ってみよう」

「はっ」

剣一郎は京之進と共に奉行所を出た。

四半刻（三十分）後に、三四の番屋に着いた。

三十ぐらいの男が座敷の上がり框《かまち》に堂々と座っていた。自分は咎人《とがにん》ではないと訴えているような態度だった。

京之進が近づき、声をかけた。

「千太郎か」

「へい、千太郎です」

千太郎は立ち上がって頭を下げた。

「千太郎、よく来た」

剣一郎が声をかけた。

「これは青柳さまで。おつたから聞いたので、誤解を解きにきました」

千太郎は口元を歪《ゆが》めた。

「いい心がけだ」

剣一郎は言い、京之進の顔を見て促した。

京之進は千太郎の前に立ち、

「そなたは馬之助と亥之助を知っているな」

と、さっそくきいた。

「知ってます。『うさぎ』で会いました」

「なぜ、知っているのだ?」

「『大和屋』の奉公人です。旦那に頼まれて、おつたを見張っていたんでしょう」

「おつたが『大和屋』の主人辰五郎に世話になっていたのを承知していたんだな」

「へえ、おつたから聞きました」

「辰五郎の隠し金のことも聞いたな」

「へえ」

「辰五郎が死んだあと、馬之助たちは隠し金を探そうとした。ところが、おつたは仲間外れにされた。知っているな」

「へい」

「なぜ、仲間外れにされたのだ？」

「あっしでしょう。馬之助がおつたはもう辰五郎とは縁が切れたと言いました」

「ようするに、おつたには辰五郎が残した金を渡さないと言ったのだ。当然、面白くなかったろうな」

京之進が決め付けた。

「まあ」

「おつたから話を聞いて、すぐ馬之助に会いに行ったな」

「…………」

「どうなんだ？」

「へえ。でも、会えませんでした」

「そのときはな。しかし、その後も会いに行ったのではないか」

「会ってません」

千太郎の目が微《かす》かに泳いだ。

「馬之助に会えなかったそなたは、亥之助に会いに行った。そうだな」

「いえ、そっちには行っちゃいねえ」

「ほんとうのことを言うのだ」

「ほんとうのことだ」

「亥之助が殺されたとき、そなたはどこにいた？」

「あっしは殺しちゃいねえ」

「亥之助に会って、おつたの分け前を寄越せと迫ったのではないのか」

「そんなことしちゃいねえ」

千太郎は激しく首を横に振る。

「亥之助、馬之助と殺され、さらに寅次も殺された。そなた以外に、三人を殺そうとする者はいない」

「冗談じゃねえ。あっしがどうして三人を殺さなきゃならないんだ」

「だから金の分け前だ。もしくは隠し金をひとり占めにするためだ」

「違う。ほんとうだ。あっしはひと殺しなんかしちゃいねえ。青柳さま、信じてくださいな」

千太郎は叫んだ。

「亥之助が殺されたと聞いて、どう思った？」

剣一郎はきいた。

「わからねえ」

「亥之助のことをどうして知ったのだ？」

「…………」

「どうした？」

「馬之助がおつたに言いに来たんです」

「どうして、馬之助がおつたのところに？」

「…………」

「どうしたんだ、正直に言うんだ」

京之進が強い口調で迫った。

「馬之助はあっしが亥之助を殺したと思っていたんだ。あっしが『うさぎ』に行ったら、馬之助がやってきたとおつたが言った。あっしを疑っているようなので、馬之助に会いに行った。だが、いなかった。分け前を寄越せとか、そんなんじゃありませんよ」

　千太郎は一気に言った。

「そのあとどうしたんだ？　馬之助を探し回ったのではないのか。馬之助が殺されたのはその夜だ」

「あっしはそのまま引き上げました。ほんとうです」

「馬之助が殺されたのを知ったのはいつだ？」

「しばらく経《た》ってからです。『うさぎ』の客が言っていたんです。そのときは、寅次という下男も殺されていました」

「寅次とは会ったことはあるのか」

「ありません。おつたから話を聞いただけです」

「三人が殺されたことを、そなたはどう思った？」

　京之進はきいた。

「やっぱり隠し金のことが原因だと。誰かが金をひとり占めしようとしたのでしょう」

「隠し金に絡んでいるのは五人だ。そのうち、馬之助、亥之助、寅次の三人が殺され、丑松は姿を晦ました。残ったのはおつただけだ」

「………」

「そなたとおつたが金をひとり占めしようと三人を殺したと考えるほうが……」

「あっしじゃねえ。もっと他に誰かいるんですよ。そいつが金をひとり占めしようと三人を殺したんです」

千太郎は真摯《しんし》に訴える。

「なら、どうしておつたは狙われないのだ？」

剣一郎は疑問を呈《てい》した。

「隠し金の在《あ》り処《か》を知らないんです。狙われなくても不思議じゃありませんぜ」

千太郎は答える。

「下手人はどうしてそのことを知ったのだ？」

「えっ？」

「おつたが隠し金の分け前に与《あずか》れなかったことを、下手人はどうやって知り得たのか」

「それは……」

千太郎は返事に詰まった。

「馬之助か亥之助が誰かに喋《しゃべ》ったんじゃないですか」

「そうとしか考えられぬな。だが……」

剣一郎ははっとした。金の件を知っているのは五人だけだと思っていたが、五人以外にいるのか。

馬之助と亥之助は油断しているところを襲われたのだ。そこから下手人は顔見知りではないかと考えていた。

十二支の画にいない人物か。十二支に因《ちな》む名ではないので、画には載せなかった。いや、そんなことはあり得まい。

盗人のふたりか……。改めて考え直す必要がありそうだ。

「青柳さま」

京之進が声をかけた。

「千太郎の疑い、いかがでしょうか」

「そなたはどう思う？」

「ほんとうのことを語っているように思えます」

「うむ、信用出来そうだ」

剣一郎も認めた。

「信じていただけるんですかえ」

千太郎が声を上擦《うわず》らせた。

「信じよう」

「ありがてえ。これで、おつたのところに堂々と行けます」

「千太郎、ちょっと別のことできたい」

剣一郎は口をきいた。

「へい、なんでしょう」

「そなたは金貸し銀蔵のところで借金の取り立てをしているのだったな」

「へい。さようで」

「深川の林町二丁目の長屋に住むおさきという娘を覚えているか。一つ目弁天の向かいにある『明月』という料理屋の女中だ」

「ええ、覚えています」

「おさきのところに取り立てに行ったことはあるか」

「あります。ちゃんと返してもらいました」

「いくらだ?」

「確か、二十両でした」

「おさきがどうやって二十両を工面したかわかるか」

「おさきといっしょに職人ふうの男がいました。その男が用立てたんじゃないですかえ」

職人ふうの男が丑松だろう。

「青柳さま、それが何か」

「いや、なんでもない」

剣一郎は千太郎から京之進に顔を向け、

「こっちは以上だ」

「わかりました」

京之進は千太郎に向かい、

「ごくろうだった。もう帰ってよい」

「へい。ありがとうございました」

千太郎は弾んだ声で言い、大番屋を出て行った。

「振り出しに戻りましたね」

京之進が落胆したように言い、

「もうひとり、我らが気づいていない男がいるのでしょうか」

「いるとしても、この画の中に描かれた人物だ」

剣一郎は十二支の画を見せた。

京之進ははっとしたように顔を上げた。

「ひょっとして辰五郎たちと向かい合わせにいる盗人の蛇と猿……」

「そうとしか考えられぬ。辰五郎が盗人に気を許したとは思えないから、巳之助と猿の久助が馬之助たちに近づいたのかもしれない」

剣一郎は言ってから、

「大貫佐賀守さまの屋敷の土蔵から『芝夢』という高価な茶碗を盗んだのも巳之助と猿の久助かもしれぬのだ。新兵衛もふたりを追っている」

「わかりました。作田さまと協力してふたりを探し出します」

京之進は気負って言った。

剣一郎はもう一度画を見て、巳之助と猿の久助以外の可能性も考えた。

四

翌日、剣一郎は草履《ぞうり》取りを伴い、神田駿河台《するがだい》にある鳥海甲斐守の屋敷を訪問した。

長屋門を入り、玄関に立った。若党らしき侍に名乗ると、すぐ上がるように言う。

剣一郎は腰の刀を外して式台に上がった。草履取りが剣一郎の草履を持って玄関入口の脇に控えた。

控えていた若い侍に刀を預け、剣一郎は若党の案内で広い庭に面した部屋に入った。

すでに、そこには手焙りが置いてあり、ほんのりした温もりが冷えた体を包み込んだ。

少し待たされてから、四十半ばぐらいの肥《ふと》った武士が入ってきた。

「家老の犬山喜兵衛だ」

向かいに腰を下ろして、喜兵衛が名乗った。太い眉に鋭い眼光、しかし、分厚い唇の口元は薄《うつす》ら微笑《ほほえ》んでいた。

「南町与力の青柳剣一郎と申します。急なお願いにも拘《かかわ》らず、ありがとうございました」

「いやいや、青柳どのにお目にかかれるのを楽しみにしていた」

「恐れ入ります」

「で、用向きは何か」

喜兵衛は穏やかな声できく。

「じつは先般、ある旗本屋敷の土蔵から天目茶碗が盗まれました」

「………」

喜兵衛の眉がぴくりと動いた。

「どこのお屋敷かご存じでしたでしょうか」

「他家のことなど知らぬが……」

喜兵衛は警戒ぎみに言う。

「たいへん貴重な茶碗だそうで、その屋敷ではとても困っておいでです」

「なぜ、そのような話を私に？」

喜兵衛が窺《うかが》うような目できいた。

「じつは密かに探索を続けておりましたが、盗んだ男が浮かび上がってきました」

「なに、それはまことか」

「まだ、十分な証があるわけではありませんが」

「どうしてわかったのだ？」

「探索の結果です。ただ、盗人はわかりましたが、まだ捕まえることは出来ません。その盗人がどこにいるかさえもわかりません」

「どこの誰だ、盗人は？」

喜兵衛は気乗りしないようにきいた。

「骨董品《こっとうひん》を専門に狙う巳之助と猿の久助という男です」

「知らぬな」

喜兵衛は首を傾《かし》げた。

「ほんとうに、ご存じありませんか」

剣一郎は喜兵衛の顔を見つめてきいた。

「盗人を知るわけない」

喜兵衛は冷笑を浮かべ、

「なぜ、私が知っていると思ったのだ？」

と、逆にきいた。

「これをご覧ください」

剣一郎は懐《ふところ》から十二支の画を取り出した。

「これはなにか」

喜兵衛は眉根を寄せた。

「五年前に闕所《けっしょ》になった骨董屋『大和屋』の主人辰五郎が持っていたものです。自分の身のまわりにいる者を十二支に当てはめることが出来ると面白がり、辰五郎が春川未善という絵師に描かせたのです」

「遊びか」

喜兵衛は蔑《さげす》むように言った。

「ですが、ある事実を指していると思われます」

「事実？」

「『大和屋』は盗品を扱ったことで流罪になり、屋敷、財産は没収となりました。この画は盗品を扱ったときの様子を描いたもののようです」

「…………」

「ここに頰被《かぶ》りをした蛇と猿がいます。この蛇と猿が持ち込んだ盗品を辰五郎が買い取っているところのようです」

剣一郎は画の説明をし、

「この盗人の蛇と猿は、骨董品を専門に狙う巳之助と猿の久助という盗人です」

と言い、喜兵衛の反応を窺《うかが》った。

「それで？」

喜兵衛は興味なさそうにきいた。

「襖をはさんでこっちの部屋に鳥と犬と鼠《ねずみ》の武士がおります。ひょっとして、この鳥は鳥海甲斐守さま、そして犬はご家老どのではと」

剣一郎はずばり言った。

「おかしなことを……」

喜兵衛は声を出して笑った。

「なぜ、そう思うのか。鳥がつく名は他にもたくさんあろう。大鳥《おおとり》、鳥居《とりい》、鳥島《とりしま》などだ。なぜ、うちの殿だと思うのだ？」

「『大和屋』は鳥海さまとお付き合いがあったと伺いましたゆえ」

「『大和屋』と付き合いがあるのは他にもいるだろう」

喜兵衛は平然と言う。

「仰るとおりでございます。しかし、『大和屋』と付き合いがあったのは間違いありませんか」

「殿はそれほど骨董品に興味はない。だから、知っているという程度だ」

「では、この画の鳥は？」

「殿ではない」

喜兵衛は言い切った。

「しかし、辰五郎は鳥海さまを思い描いていたとは考えられませんか」

「そんなはずはない」

「なぜそう言えるのですか」

「『大和屋』とはそんな親しい付き合いではない」

「いつからの付き合いで?」

「七、八年前からになるか。だが、殿は骨董品に関心はない」

「それでもお付き合いを続けられた?」

「付き合いというほどのことはない」

「さようでございましたか」

剣一郎はわざと大きく頷き、

「辰五郎は盗品を扱う仲間をこの画に描かせたようです。ご家老どのは、この鳥と犬に当てはまる武士に心当たりはございませんか」

「さあ、考えたことがないので、とっさには浮かばぬ」

喜兵衛は首を横に振ってから、

「なぜ、そんなに気にするのだ？」

と、きいた。

「ここに描かれている武士が誰かわかれば、盗人のことを教えてもらえると思ったのですが」

剣一郎は落胆したように言う。

「お力になれない。悪く思うな」

「とんでもない」

剣一郎は言い、

「じつは巳之助と猿の久助は、天目茶碗を盗んだだけではなく、別の殺しの疑いもあるのです」

と、さりげなく殺しに言及した。

「殺し？」

喜兵衛は眉根を寄せた。

「これはご家老どのには関わりない話ですが、じつは辰五郎は奉行所に捕まる前、財産の一部を隠匿《いんとく》した形跡があります。その隠し金をひとり占めしようとして、下手人は関わりある者たちを殺していった。そのように見ています」

「…………」

「隠し金をひとり占めしようとしたのが盗人の巳之助と猿の久助ではないか。そういうこともあって、奉行所はふたりを探しているのです。もちろん、ふたりが下手人かどうかわかりませんが、捕まえればはっきりさせることが出来ます」

「なるほどな」

さすが、老練な男だ。尻尾を出しそうもなかった。

「長々と失礼いたしました。『大和屋』と親交のあったお武家のうち、鳥と犬、鼠に因む名を持つお方を探し出してみます」

剣一郎はあえて言った。

「青柳どの」

喜兵衛が口を開いた。

「辰五郎が財産の一部を隠したことに間違いないのか」

「はい。その金をめぐって殺しが行なわれたことも確かだと思っています」

「そうなのか。あさましいことだ」

喜兵衛は口元を歪めた。

「ご家老どのは辰五郎が財産を隠したとお思いですか」

「そこまではわからぬ」

これ以上話をしても意味がないと思い、

「それではこれで」

と、剣一郎は挨拶《あいさつ》をして立ち上がった。

玄関で預けた刀を受けとり、草履取りに草履を出してもらい、剣一郎は式台から土間に下りた。

玄関を出て、門に向かう。ふと視線を感じて、そのほうに顔を向けた。

中間らしい男と三十歳ぐらいの侍がこっちを見ていた。侍は鼠を思わせるような顔をしていた。

その侍はあわてて顔を背けた。川下和之進かもしれない。

門を出て、剣一郎は奉行所に戻った。


剣一郎は宇野清左衛門と差し向かいになった。

「ご家老の犬山喜兵衛どのに会ってきました」

「どうであった？」

「なぜか、『大和屋』との関係を隠しているようでした。『芝夢』を盗ませたのが鳥海さまかどうかもわかりません。さすがに、犬山どのは老獪《ろうかい》です。不用意な受け答えはいたしません」

「そうか」

「あの画に登場する武士についても自分たちではないと否定していました。鳥海さまと犬山どのに違いないと思うのですが」

「まあ、仕方ない。疑惑があったとしても、相手は旗本だ。よほどの証がなければ何も出来ない」

「もう少し調べ、改めて犬山どのにお会いしたいと思います」

「じつは、長谷川どのが急かしてきた。茶会まであと十日もない。間に合わなかったら、お奉行の顔を潰《つぶ》すことになると」

清左衛門が話を変えた。

「そうですか」

「あまり身勝手なことばかり言うので、わしもついかっとなって……」

清左衛門は言いよどんだ。

「何か言い返したのですか」

「うむ。大貫さまが『芝夢』を何のために利用しようとしているのかご存じかと言ってやった」

「そうですか」

「茶会で客人をもてなすために使うのではないかと言うので、賄賂のためだと教えてやった。茶会のあとに老中深見美濃守さまに贈り、見返りにお役を得るのだと。長谷川どのはそんなわけはないと言っていたが、だんだんその声も小さくなっていった」

清左衛門は小気味よさそうに、

「長谷川どのは、賄賂のために早く『芝夢』を取り返せと急かしているのですぞと言うと、何も言わず逃げるように部屋を出て行ってしまった」

「長谷川さまもそうかもしれないと思うようになったのでしょうか」

「そうだといいが」

清左衛門は苦笑したが、すぐ真顔になり、

「茶会に間に合うかどうかはもはやどうでもいいが、『芝夢』を盗んだ者を年内にも捕らえたい」

「必ずや」

殺しの件も含め、解決するまで年は越せないと、剣一郎は自分に言い聞かせた。

五

翌朝、庭の池に氷が張っていた。草木など目に映るすべてが凍りついたように動きがなかった。

剣一郎は凍てつくような外気の中で、真剣を持って素振りをはじめた。自分の考えに行き詰まっているような感じがしていた。

その障害を取り払うように何度も素振りを繰り返すうちに汗ばんできた。何か見落としていることがあるのだ。それは何か。

『芝夢』を盗んだのは巳之助と猿の久助に間違いないだろう。問題は誰に頼まれたかだ。大貫家の土蔵に『芝夢』が納まっていることは茶会に招かれた者なら誰もが知っていただろう。

その中で、鳥海甲斐守はどうやって巳之助や猿の久助とつながりを持つことが出来たのか。鳥海以外にもふたりを知っている者がいたのだろうか。

いや、もろもろの状況を考えれば、『芝夢』を盗んだ黒幕は鳥海ということになる。

素振りが百回近くになってきて、額《ひたい》から汗が滴《したた》り落ちた。

『芝夢』を盗んだのは巳之助と猿の久助だ。だが、馬之助たちを殺したのは果たして巳之助たちだろうか。

錠前破りの長蔵は、ふたりの盗人のひとりは細身で精悍な顔をした男、もうひとりは恐ろしく身の軽い男だと言っていた。

この連中に三人もの男を殺すことが出来るだろうか。そもそも、隠し金の横取りを企《くわだ》てるだろうか。

馬之助たちを殺したのは巳之助たちではない。では、誰か。やはり、あの画に登場しない誰かではないか。

最後に、大上段から刀を振り下ろし、そして刀をくるくるとまわして鞘《さや》に納めた。

息を整え、剣一郎は母家に戻りかけた。庭に誰かが立っていた。

「太助か。ずいぶん早いな」

「どうした？」

剣一郎は声をかける。

「すごい迫力で……」

太助は目を丸くしていた。

「うむ。少し、わしの目が曇っているような気がしてな。頭の中の余分なものを振り払うつもりで」

剣一郎は途中で言葉を切り、

「それより、こんな朝早くにどうした?」

「はい。あの画でちょっと気になることが」

「気になる?」

「見せていただいてよろしいでしょうか」

「うむ、上がれ」

部屋に上がり、剣一郎は例の画を太助に渡した。

太助は画を逆さまにしたり、目から遠ざけてみたりしていた。

「何をしている?」

「はい。最近、夢に髑髏《どくろ》が現われるんです。よく思い返すと、この画を見た夜に出てくるんです」

「この画を見た夜にだと」

「一度、この画を見たあと、なんとなくいやな気分になったことがあって」

「ひょっとして……」

剣一郎は画をじっと見つめた。

そして、画の中にある物を見つけた。

「太助。ここを見ろ」

剣一郎はその箇所を指差した。

「あっ」

太助が叫んだ。

「もうひとつある」

剣一郎はそこも示し、

「隠し絵だ」

と、呟《つぶや》くように言った。


昼前に、剣一郎は太助と共に駒形町にある春川未善の家を訪れた。

戸を開けて土間に入ると、婆《ばあ》さんが出てきた。

「未善はいるか」

剣一郎はきいた。

「おりますが、今二階です。画を描いています」

二階が仕事部屋のようだった。

「呼んでもらえぬか」

「画を描いているのを邪魔すると、ものすごく怒るんです」

「では、あとどのくらいで終わりそうか」

「没頭すると暗くなっても下りてきません」

「それは困ったな」

剣一郎は困惑する。

「婆さん、ちょっと声をかけてみてくれないか。青柳さまがお呼びだと言って」

太助が口を入れた。

「そう仰られても……」

「なら、あっしが二階に上がってもいいかえ」

太助は引き下がらなかった。

「あっしが勝手に上がっていったことにすれば、婆さんは叱られないだろう」

「それはそうですが」

婆さんは困ったような顔をして、

「じつは、上に若い女が来ているんですよ」

「若い女？　じゃあ、仕事ではないじゃないか。昼間から女といちゃついている
なら、邪魔しても……」

「仕事ですよ」

婆さんはあわてて言う。

「仕事？」

「裸の女の画を描いているんですよ」

「裸の女？」

「ええ、だから……」

婆さんが言いかけたとき、階段から足音がした。

目を向けると、未善が下りてきた。目が血走り、疲れたような顔をしていた。

「婆さん、酒をくれ」

未善は声をかけてから、剣一郎に顔を向けた。

「青柳さま」

「画を描いていたそうだな」

剣一郎はきいた。

「うまく描けなくて。いくら描いても気にいらないんです」

未善は髪の毛をかきむしった。

「そうか。では、今、いろいろきいても満足な答えは返せぬな」

「なんですね」

未善は上がり框まで近づいてきた。

「この画を描いたときのことをもう一度ききたい」

剣一郎は懐から画を取り出して、

「辰五郎の周囲にいる十二支になぞらえられる者を描いたということだったな」

「そうです」

「十二支になぞらえられる者を描いたということは、十二支になぞらえられない者は描いていないということか。つまり、辰五郎にとって大事な人物でも十二支になぞらえられない者はこの画に描かれていないと?」

「さあ、どうでしょうか」

未善は首を傾げ、

「辰五郎の旦那は俺の周囲にいる者はみんな十二支になぞらえられると言っていましたが、はみ出ていた者がいたかどうかは……」

「みんな十二支になぞらえられると、辰五郎は言ったのか」

「私はそう聞きましたが」

「そなたは辰五郎の周辺にいる者たちを皆知っているのか」

「いえ、番頭さんや手代とは会ったことはありますが、その他の奉公人はわかりません」

「そなたは辰五郎に言われたままに描いたのだな」

剣一郎はもう一度確かめる。

「そうです。全部、言われたとおりに描きました」

剣一郎は未善の顔を見据え、

「では、あの仕掛けもか」

「何のことで？」

未善はとぼける。

「この武士たちに注目しよう。鳥、犬、鼠が輪になっている空間。そこだけ白くなっている」

「それが何か」

「この白い部分を逆さにして遠ざけてみると、ある形になる」

「………」

「髑髏《どくろ》だ」

「………」

「さらに、この下男の虎の箒《ほうき》を持つ脇の下だ。逆さにし、ずっと見ていくとやはり髑髏が見えてくる。これはわざと髑髏を描いたのだな」

「おわかりになりましたか」

未善はあっさり答えた。

「仰るとおりで」

「これはそなたの考えか。それとも辰五郎か」

「辰五郎の旦那です。この二カ所に髑髏を隠してくれと言って……」

「なぜかきいたか」

「ええ、ききました」

「辰五郎はなんと答えた？」

「一番の悪だからと」

「一番の悪か」

剣一郎はもう一度画を見つめた。髑髏は黒幕を示しているのか。しかし、下男の寅次のところにも描いてある。なぜか。それに寅次は死んだはずでは……。

階段に足音がした。

着物で前を隠した女が階段の途中から、

「先生、まだなの」

と、きいた。

「今行く。部屋に戻っていろ」

未善は言ってから、

「もういいですかえ」

と、剣一郎にきいた。

「うむ、いい」

未善は一礼して階段に向かった。

「先生、お酒」

婆さんが声をかける。

「もういい」

未善はいい、階段を上がって行った。

にやりと笑い、婆さんは湯吞みの酒に口をつけた。

「邪魔をした」

声をかけ、剣一郎と太助は外に出た。

「辰五郎のかみさんのところに行ってくる。太助はこれから猫の蚤《のみ》取りの仕事があるのだな」

「すみません。田原町《たわらまち》のお得意さんから頼まれまして」

「構わぬ」

「早く片づいたら池之端仲町に向かいます」

「無理せずともよい」

田原町で太助と別れ、剣一郎は稲荷町《いなりちょう》を経て上野山下《やましした》を過ぎ、池之端仲町に着いた。

長屋木戸を入り、おすみの住まいに行った。

腰高障子を開け、ごめんと声をかける。おすみが顔を向けた。

「青柳さま」

立ち上がって上がり框まで出てきた。

「すまぬが、まだききたいことがあってな」

土間に入り、剣一郎は切り出した。

「まだ、馬之助たちを殺した下手人はわからないのですか」

「まだだ」

「そうですか」

おすみは眉根を寄せ、

「で、ききたいことってなんでございましょうか」

「辰五郎が信頼していた者についてだ。奉公人の中では馬之助と亥之助を信用していたそうだが、ふたり以外にも辰五郎が心を許している者はいなかったか」

「いえ、いなかったはずです」

「畳職人の丑松を一番信頼していたということだったが、丑松と同じように出入りの職人で信頼している者はいなかったか」

「いえ、私が気がついていないだけかもしれませんが」

「下働きの者はどうだ？　寅次のように信頼している男はいないか」

「いないはずです」

おすみははっきり言った。

「いないか」

剣一郎は呟いてから、

「そもそも、辰五郎はどうして寅次をそれほど信頼していたのだ？　確かに、用心棒としての役目もあったようだが」

「それは、鳥海さまから世話してもらったからだと思います」

「なに、寅次は鳥海さまから」

「はい。詳しいことはわかりませんが、一度暴漢に襲われそうになったことがあって、鳥海さまに相談したところ、寅次を遣《つか》わしてくれたと。たぶん、鳥海さまのお屋敷で中間《ちゆうげん》をしていたんじゃないかと思います」

「中間か」

それほど、辰五郎と鳥海家は親密だったのか。

そのとき、戸が開いて若い男が顔を出した。

「おかみさん、野菜をお持ちしました」

「ありがとう」

失礼しますと剣一郎に断り、おすみは立ち上がった。

「新助ではないか」

剣一郎は声をかけた。

「えっ」

野菜を流しの近くに置いたあと、新助は改めて剣一郎の顔を見た。

「青柳さま」

あわてて、新助は腰を折った。

「ごくろうだな」

「はい。おかみさんにはいつもお世話になっているんです」

「そのようだな」

剣一郎は微笑んだ。

「はい、新助さん」

おすみが金を渡した。

「ありがとうございます」

新助は金を押しいただき、

「それではあっしは」

と、土間を出て行った。

「まさか、青柳さまが新助さんをご存じとは……」

おすみは目を見張った。

「谷中の坂道で荷を置いて休んでいた若い棒手振《ぼてふ》りが空を見て涙を流していた。声をかけたら、白い雲が親父の顔に見えて、涙が流れたと言っていた」

「ええ、新助さんの家は下駄屋をしていたそうです。父親は大酒呑みの怠け者だったので、母親がひとりで頑張っていたようですが、病に倒れ、そのまま帰らぬひとになったとのことです。新助さんが十二歳のときで、その後、父親は心を入れ換えて商売に精をだしたそうですが、長続きせず、前にも増して酒を呑むようになったということです。おかみさんが亡くなって寂しかったんでしょう」

おすみはしんみりし、

「それから三年後に下駄屋は潰れ、その後は新助さんが棒手振りをしながら父親を養っていたそうですが、その父親も」

「そうか」

「父親はいまわの際に、新助さんに謝ったそうです。だらしない親父ですまなかったと」

「そなたは、新助を息子のように思っているようだな」

「はい。私もひとりぼっちですから、毎日のように新助さんが顔を出してくれるのが楽しみなのです」

「せいぜい、応援してやることだ」

「はい」

「邪魔をした」

剣一郎は長屋を出た。


下谷広小路を抜け、御成道を筋違御門のほうに向かう。何者かがつけてくる。気配を消しており、かなりの使い手のように思える。

八丁堀の屋敷を出たときからだ。最初は遊び人ふうの男だったが、今は饅頭《まんじゆう》笠をかぶった侍がついてくる。つけられる覚えはない。

剣一郎は橋を渡ったあと、相手を誘い込むように柳原の土手に曲がった。寒風が吹きつけ、土手に人通りはなかった。

剣一郎は柳森《やなぎもり》神社の前を過ぎてから歩を緩《ゆる》めた。すると、背後に地を蹴るような足音が聞こえた。

殺気が迫ってくる。剣一郎は十分に引き付けて、背後から刃が襲ってきたとき、振り向きざまに抜刀し、相手の剣を弾《はじ》いた。

「何奴だ？」

剣一郎は叫ぶ。

饅頭笠の侍は無言で剣を八相《はっそう》に構えて迫る。剣一郎は正眼《せいがん》に構えた。相手が斬りつけてきた。剣一郎は身をかわしながら剣を突き出す。相手も体をひねって避けた。が、すぐ体勢を立て直して斬り込んできた。剣一郎は鎬《しのぎ》で受け止め、力を込めて相手を押し返す。相手も懸命に力で押しつけてきた。

相手の顔が近づいた。饅頭笠の下に覆面をしていた。

「南町の青柳剣一郎と知ってのことだな。誰に頼まれた?」

剣一郎は問い詰める。

相手は渾身の力を込めて押し返した。その瞬間、剣を外し、すばやく後ろに飛び退《の》き、正眼に構えた。

が、すぐに剣を肩に担《かつ》ぐように構え直し、体を丸めて突進してきた。眼前に迫るのを待って、剣一郎は足を踏み出し、振り下ろされた剣を撥ね返して相手の脇をすり抜けながら二の腕に剣先を浴びせた。だが、相手は体勢を崩してかわした。しなやかな身のこなしだ。

休む間もなく、またも剣を肩に担いで、凄《すさ》まじい勢いで向かってきた。風を唸《うな》らせて剣が振り下ろされた。剣一郎は横に跳んで避けた。

なんとしてでも剣一郎を斃《たお》すという気迫が漲《みなぎ》っている。

「それほどの剣の腕を持ちながら使い道を誤っている」

「………」

「だんまりか」

相手は正眼に構えたまま、動かなかった。やがて、ゆっくり右に移動した。剣一郎の剣先も相手の動きに合わせて静かに左に移る。途中で、相手の動きが止まった。今度は左に移動をはじめた。

が、すぐ足を止めた。その刹那、相手は肩に担ぐように構えていた剣を振り下ろした。剣は手から離れ、剣一郎の顔面を襲ってきた。と同時に小太刀を抜いて裂帛《れっぱく》の気合いと共に突進してきた。

剣一郎は飛んできた剣を叩き落とすや、すぐに身を翻《ひるがえ》して小太刀を避けた。

相手は数歩先で立ち止まって振り返った。

が、すでに剣一郎は相手の眼前に剣先を突き付けていた。

「これまでだ。誰に頼まれたか、話してもらおう」

「………」

そのとき、風を切って剣一郎を目掛けて何かが飛んできた。剣一郎はしゃがんで、頭上をやり過ごした。小石が柳の木に当たった。

その隙に饅頭笠の侍が筋違橋のほうに逃げて行った。柳森神社の境内《けいだい》から男が飛び出し、侍のあとをつけた。

「太助」

剣一郎は呟き、すぐに小石が飛んできたほうを見た。遊び人ふうの男が土手を下って古着の床見世の陰に消えた。

夕方、八丁堀の屋敷に帰ると、太助が待っていた。

「太助、さっきは侍のあとをつけたようだな」

「へえ。あの侍、駿河台にある鳥海甲斐守の屋敷に入って行きました」

「なに、鳥海さまの……」

剣一郎は唸った。

ひょっとして、鼠のような顔をしているという川下和之進かもしれない。しかし、なぜ鳥海甲斐守の家来が……。

「それにしても、よくあの場に居合わせたな」

「はい。猫の蚤取りが思いの外早く終わり、すぐ池之端仲町に向かいました。そしたら、下谷広小路に向かう青柳さまを見かけたんです。追いかけようとしたら、青柳さまのあとをつけていくふたり連れがいて」

「そうであったか」

「はい。青柳さまに撃退されるだろうからあとをつけようと、柳森神社に隠れていました」

「太助、よくやった」

剣一郎は讃《たた》えた。

「へえ」

「これで、隠し金の件にも、鳥海さまが深く関わっていることがはっきりした」

剣一郎は大きく息を吐いて言った。

だが、まだ鳥海を追及する証が揃ったわけではない。そんな者たちは知らないとつっぱねられてしまうだろう。

太助といっしょに夕餉《ゆうげ》をとり終えたあと、京之進がやって来た。

「ごくろう」

剣一郎は京之進に声をかけ、

「伊勢町堀で殺された寅次のことで確かめたいことがある」

「はっ」

「馬之助と亥之助を殺した下手人と同一人物の仕業に間違いないな」

「はい。同じ手口です」

「見つかったときの様子をもう一度、話してくれ」

「はい。発見したのは通りがかりの職人で、悲鳴を聞いて駆けつけると、伊勢町堀にある土蔵の陰で心ノ臓を刺された三十半ばぐらいの男が倒れていたということです。鋳掛《いか》け屋の年寄りが遊び人ふうの男が走って行く後ろ姿を見てましたが、男の特徴はわかりません」

「身許《みもと》はすぐわかったのだな」

「近くの長屋に住んでいる日傭取りの寅次とわかりました。大伝馬町にある口入れ屋から仕事をもらっていました」

「長屋には何年前から住んでいたのか」

「三年前です」

「『大和屋』で働いていたことは誰から聞いたのだ?」

「長屋の大家です。寅次は五年前まで『大和屋』で働いていたかどうか知っているかときいたら、そうだと大家は答えたのです」

京之進は怪訝《けげん》そうに、

「青柳さま、何か」

と、きいた。

「辰五郎のかみさんの話では、寅次は鳥海さまの世話で下働き兼用心棒として働いていたそうだ」

「鳥海さまの？」

「そうだ。中間をしていたらしいと言っていた。ならば、なぜ辰五郎が流罪になったあと、寅次は鳥海さまの屋敷に戻らなかったのか」

「…………」

「じつは、昼間、饅頭笠をかぶった侍に襲われた。太助がその侍のあとをつけたら鳥海さまの屋敷に入っていったという」

「なんと」

「我らは間違った方向に誘い込まれていたかもしれぬ。まず、そのことを探らねば」

剣一郎は厳しい顔で言った。だが、微かな手応えを摑んでいた。

第四章　はかりごと

一

十二月十日になった。煤竹《すすだけ》売りが町中に目立つ。来《きた》る十三日は将軍家大奥の煤払い大掃除が行なわれる日で、それにならい、今では武家だけでなく、商家もその日に煤払いをするところが増えてきた。

剣一郎と太助は伊勢町堀の通りを行き、小舟町《こぶなちょう》二丁目の長屋木戸をくぐった。

木戸の脇にある大家の家に寄った。

「これは青柳さま」

出てきた大家は畏《かしこ》まった。

「ちと訊ねたいことがある。殺された寅次のことだ」

「寅次ですか」

「うむ。寅次はここにはいつから住んでいるのだ?」

「三年前です」

「その前はどこに住んでいたかわかるか」

「芝のほうに二年ほどいたと話していました」

「その前は？」

「そこまではわかりません」

「寅次はいくつだ？」

「三十半ばです」

「日傭取《ひようと》りだったな」

「長年、力仕事を続けてきたことを思わせるように、大柄で肩の肉が盛り上がっていました。腕も太くて」

「顔立ちは？」

「平べったい顔です。鼻が大きく横に広がっていました」

「寅次は五年前まで骨董屋《こっとうや》の『大和屋』で働いていたというのは、本人から聞いたのか」

「いいえ。寅次を訪ねてきた男がそう言ってました」

「訪ねてきた男？　いつだ？」

「寅次が殺される五日ぐらい前でした。この長屋に五年前まで骨董屋の『大和屋』で働いていた寅次さんがいると聞いたのですがと。寅次と同じ年格好の男でした。『大和屋』での朋輩《ほうばい》だと言ってました」

「そのとき、寅次は？」

「昼間でしたから仕事に出ていました」

「その男のことを寅次には話したのか」

「話しましたが、心当たりはないようでした」

「『大和屋』のことは確かめたのか」

「いえ、男のことを知らないと言っていたので」

「そうか」

剣一郎と太助は大家の家を辞去した。

「もしかして大家を訪ねた男こそ寅次ではありませんか」

太助はきいた。

「そうだ。日傭取りの寅次が『大和屋』にいた寅次と同一人物だと思い込ませるための策略だ」

下働き兼用心棒の寅次が『大和屋』がなくなったあと、日傭取りになっていたとしても不思議ではない。だが、寅次が鳥海家から遣《つか》わされた男だったら、おかしいと思わざるを得ない。日傭取りにならずとも、元の中間《ちゆうげん》に戻ればいいのだ。寅次は日傭取りに自分と同じ名の男がいることを知ったのだ。前々から知っていたのかもしれない。同名の男がいることを思い出し、あの企《たくら》みを考えたのだろう。

馬之助や亥之助はまさか寅次が自分を襲うとは思わなかったはずだ。寅次はなんなくふたりを殺せた……。

だが、丑松は寅次が下手人だと知ったのだ。いや、それだけではない。鳥海甲斐守が隠し金を狙っていることにも気づいた。だから、自分も殺されると思い、姿を隠したのだろう。

「隠し金を横取りしたのは鳥海さまでしょうか」

「そうだ。寅次は鳥海さまに命じられて動いているのだ」

まず、寅次を捕まえればいい。鳥海甲斐守の屋敷に踏み込めば、寅次がいるはずだ。それだけではない。辰五郎が隠した金もすでに鳥海の屋敷に運び込まれているはずだ。だが、証《あかし》がない。仮に寅次を捕まえることが出来たとしても、鳥海のことは口を割らないだろう。

鳥海も寅次のことを否定するはずだ。否定されたら、それ以上は踏み込めない。

やはり、鍵は丑松だ。丑松は真相に気づき、次は自分が殺されると思い、逃げているのだ。

自分が訴え出ても、鳥海を捕まえることは出来ないと諦めているのだろう。だが、十二支の画《え》を剣一郎に託したのは、画から真実を探ってもらおうとしたからだ。

丑松はいつまで逃げ回っているつもりか。剣一郎が鳥海の悪事を暴いたら戻ってくるつもりではないか。

「太助。丑松の親方のところに行ってみよう」

剣一郎と太助は本所に向かった。

剣一郎と太助は亀沢町にある『勝又』にやって来た。

戸を開けて、土間に入る。いつものように、職人が畳を縫《ぬ》っていた。

親方が顔を向けた。

「これは青柳さま」

「手が空《す》いたときでよい。待たせてもらう」

剣一郎は声をかける。

「いえ、今だいじょうぶです」

親方が上がり框《かまち》までやってきた。

「丑松から何も言ってこないか」

「それがないのです。丑松に何かあったのではないかと心配しているのですが」

親方は表情を曇《くも》らせ、

「じつは光吉が妙なことを」

「光吉が？」

剣一郎は光吉に目をやった。

「光吉」

親方が光吉を呼んだ。

光吉がこっちにやって来た。

「光吉、あの話を」

親方が促す。

「何か」

「はい。じつは昨日、仕事を終えて帰る途中、三十ぐらいの目つきの鋭い男に呼び止められて、丑松がどこにいるか知らないかと」

「丑松のことをきいた?」

「はい。知らないと答えると、丑松は俺の金を持ち逃げしたんだと言ってました」

光吉が怯《おび》えたように続ける。

「それから、親方も知らないかと」

「青柳さま」

親方は厳しい顔で、

「やはり、丑松は何か事件に巻き込まれたのでは? 先日、青柳さまは、丑松が『大和屋』の旦那から何かを頼まれたようだと仰《おつしや》いました。そのことと何か関係があるのでは?」

「じつはそうだ。丑松は『大和屋』の辰五郎から金を預かっていたようだ。その金を狙っている者がいる」

「その者から逃げているのでしょうか」

親方は暗い顔で言う。

「おそらくな」

「なぜ、奉行所に相談しないのでしょうか」

「そうしてもらいたいのだが」

丑松は預かった金を使い込んでいる。おさきの借金を返すためだが、そのことがあるから剣一郎の前に姿を現わすことが出来ないのだ。

「こっちも丑松を探すが、何かわかったら知らせてくれ」

そう言い、剣一郎は太助とともに土間を出た。

「三十ぐらいの目つきの鋭い男って寅次ではないですか」

太助がきいた。

「寅次だ。わしの暗殺に失敗したあと、丑松の口を封じなければならないと改めて思ったのだろう」

「いったい、丑松はどこに隠れているんでしょう」

太助は顔をしかめた。

丑松は秘密を知っている。丑松を見つけ出したいが、その手掛かりがなかった。

丑松に頼らず、鳥海を追い詰めるしかない。

そのとき、あっと思いついたことがあった。

「丑松はおさきといっしょに隠れているのか、あるいは別かわからぬが、おさきは丑松の居場所を知っているだろう」

「でも、おさきの居場所は？」

「おさきは母親といっしょだ。母親は体の具合がよくなったそうだが、まだ高麗人参を飲んでいるかもしれない。医者にもかかっていることも考えられる」

「高麗人参をどこで買っているかわかれば……」

「そうだ」

剣一郎と太助は亀沢町から深川の林町二丁目に向かった。

竪川にかかる二ノ橋を渡り、林町二丁目にあるおさきが住んでいた長屋木戸までやって来た。

木戸の横にある家の裏口から声をかけた。やがて、四角い顔で目の細い四十過ぎの大家が出てきた。

「青柳さま」

大家は畏《かしこ》まった。

「また、おさきのことできたい」

「はい」

「おさきは母親のために高麗人参を買っていたと聞いたが？」

「ええ、それで金を借りたんです。そのおかげで母親も快方に向かって」

「母親は元気になったのか」

「すっかりよくなったわけではないようですが、起きられるようにはなりました」

「おさきが高麗人参をどこで買い求めていたかわかるか」

「ええ、米沢町《よねざわちょう》の『近江屋《おうみや》』という薬種問屋です。医者からそのお店を教わったそうですから」

「米沢町の『近江屋』だな。わかった」

「おまえさん」

急に大家の背後で声がした。大家のかみさんだった。

「『近江屋』さんは最初だけでしたよ」

「最初だけ？」

大家は首をひねったが、

「そうだった」

と、思い出したように手を打った。

「青柳さま」

大家があわてて言いなおした。

「『近江屋』は最初だけで、あとは唐物屋《からものや》からのようでした」

「唐物屋か」

「ええ。『近江屋』の半額で買えるからと言ってました」

「何という唐物屋だ？」

「名は聞いていません。上野新黒門町《しんくろもんちょう》にあったと思います」

「上野新黒門町の唐物屋か。わかった。助かった」

かみさんにも礼を言い、剣一郎と太助は大家の家を辞去した。

両国橋《りょうごくばし》を渡り、柳原通りから筋違御門を抜け、御成街道を経て上野新黒門町に着いた。

町内に『長崎屋《ながさきや》』という唐物屋があった。

剣一郎と太助は間口の広い店の土間に入った。店座敷に茶道具や香具、墨、筆、宋代の絵画などが並んでいる。

剣一郎に気づいて、番頭らしき男が近づいてきた。

「青柳さま」

「うむ。少し、訊ねたいことがある」

「はい」

番頭は畏まった。

「ここに高麗人参は置いてあるのか」

「はい、ございます」

「おさきという娘がここで高麗人参を買い求めていたと聞いた。覚えはあるか」

「はい。病の母御のためにお買い求めになりました」

「何度来たか」

「三度ぐらいでしょうか」

「最近はいつだ？」

「ふた月ほど前です」

「もう、来ないだろうか」

「だいぶ母御もお元気になられたようですが、どの程度体力が回復されたか。場合によっては、もう一度来られるかもしれません」

「今度来るとしたら、いつごろだ？」

「ふた月ごとに来られていましたから、いらっしゃるとしたら数日中かもしれません」

「頼みがある」

「はい」

「どうしてもおさきの住まいを突き止めたいのだ。この者を店の隅にでもしばらく置いてもらえぬか」

　そう言い、剣一郎は太助を引き合わせた。

「畏まりました。高麗人参が置いてある近くに場所を用意いたします」

　番頭は請け合った。

「すまない。おさきが来たら、こっそり教えてくれればいい」

「わかりました。主人にもよく話しておきます」

「太助、しばらく毎日ここに通ってくれ」

「任してください。きっとおさきの住まいを探り当てます」

「店が閉まったら屋敷にくるのだ」

「わかりました。今から、さっそく」

太助は番頭の案内で、高麗人参が置いてある場所に行った。

剣一郎は来た道を戻り、奉行所に向かった。


奉行所では、作田新兵衛が待っていた。

「何かあったか」

新兵衛が少し気を昂《たかぶ》らせていることに気づいて、剣一郎は思わず先にきいた。

「芝の神明町の長屋に長蔵を訪ねたところ、『芝夢』を盗んだ男からまた錠前破《じようまえ》りを頼まれたと言いました」

新兵衛は長蔵の仲間の振りをして毎日のように長蔵の長屋を訪ねていたのだ。

まさか、これほど早く、巳之助と猿の久助が動くとは思わなかった。

『芝夢』を盗んでもそれほど金にはならなかったのか。それとも、また鳥海甲斐守から依頼があったのか。

「いつだ？」

「明日の夜、札差《ふださし》の『大城屋《おおしろや》』の土蔵です」

「明日だと。ずいぶん急だな」

「長蔵は昨夜、男から頼まれたそうです」

「そうか」

「明日の夜、長蔵はふたりと五つ半（午後九時）に鳥越神社《とりごえ》の社殿の裏で落ち合い、『大城屋』に向かう手筈《てはず》だということです」

「よし、京之進にも伝えよう」

剣一郎は見習い与力に、京之進を呼ぶように命じた。

しかし、京之進は外に出ていて、夕七つ（午後四時）前に奉行所に戻ってきた。

改めて、宇野清左衛門を呼び、剣一郎は京之進に新兵衛の話を伝えた。

「『大城屋』に潜り込んで、三人を待ちますか」

京之進が言う。

「確かに、土蔵まで誘《おび》き出してから捕まえるほうが間違いないだろう。ただ」

剣一郎は首をひねった。

「『大城屋』に手を貸してもらわねばならない」

「それなら、私が『大城屋』の主人を説き伏せます」

京之進が自信に満ちた声で言う。

「よし、そうしよう。『大城屋』にはそなたたちに入り込んでもらう」

「わかりました」

「鳥越神社は新兵衛に見張ってもらおう。三人が落ち合ったことを確かめ、すぐに『大城屋』にいる京之進に知らせる」

「境内《けいだい》に捕り方を配置しなくてもいいのですか」

京之進は確かめるようにきいた。

「捕り方が境内にいれば勘づかれる恐れがある。新兵衛だけでいい。新兵衛なら何の姿にも化けられる」

「わかりました」

「わしは鳥越神社の外から境内を見張る」

その後も、いろいろ手筈を整えた。

「では、明日の夜だ」

剣一郎は力を込めて言った。

京之進と新兵衛が引き下がったあと、清左衛門が言った。

「どうして、巳之助と猿の久助はまた土蔵の物を盗もうと思ったのだろうか。錠前破りを必要としない盗みをしていたふたりだったはずだが」

「確かに気になります。私はまた鳥海さまに頼まれたのではないかと思ったのですが」

「鳥海さまか」

清左衛門は憤然と言う。

「単なる憶測に過ぎませんが」

「ともかく、明日の夜だな」

「巳之助と猿の久助を捕まえられたら、それをきっかけに鳥海さまの裏の顔を暴くことが出来ます」

長蔵を誘った盗人が巳之助と猿の久助であるという具体的な証はないが、状況からしてまず間違いないはずだ。

いよいよ明日だ、必ずふたりを捕まえる。剣一郎は意気込んだが、頭の片隅にあったもやもやしたものが徐々に広がっていた。

二

翌朝、出仕した剣一郎は宇野清左衛門に事情を話し、作田新兵衛、植村京之進を年寄同心詰所に呼んだ。

「じつは、昨夜から引っ掛かることがあった。そのことがどうも気になってならぬ」

剣一郎は不安を口にした。

「なんでしょうか」

新兵衛が身を乗り出してきいた。

「まず、巳之助と猿の久助は長蔵のことを本気で信用しているのかどうか」

「と申しますと？」

「『芝夢』が盗まれたあと、当然奉行所は錠前破りの名人を探し出そうとするという想像が働くはずだ」

「長蔵が我らに寝返ったことに気づいていると？」

新兵衛も顔色を変えた。

「いや、そこまでは気づかれていないはずだ。ただ、その可能性を疑ってもよかろう。だとしたら、新たな仕事をする前に、そのことを確かめようとするのではないか。でないと、安心して盗みに入れないだろう」

京之進は顔色を変え、

「では、今夜の忍び込みは？」

「探りかもしれぬ」

「探り……」

新兵衛が唖然《あぜん》として言う。

「巳之助と猿の久助は、『大城屋』に捕り方が待機しているかを見て、長蔵が裏切っていないかを調べようとしているのではないか」

剣一郎はふたりを交互に見て、

「今夜の忍び込みはない」

と、言い切った。

「『大城屋』に捕り方が待機していたら、巳之助たちは長蔵が裏切ったものとして二度と長蔵には声をかけないだろう。長蔵を利用してふたりを捕まえようとした目論見《もくろみ》は失敗に終わってしまう」

「…………」

「これはあくまでもわしの想像だ。ほんとうに今夜、巳之助たちは『大城屋』に忍び込むかもしれぬ」

「青柳さまの仰るように探りかもしれません」

新兵衛が口を開いた。

「長蔵は錠前破りの名人として知られていました。奉行所が長蔵に目をつけるだろうことは、当然巳之助たちも考えるはずです」

「探りだとしたら、今夜は捕り方を動かさないほうがいいのですね」

京之進はきいた。

「そうだ。何もしないほうがいい」

剣一郎は言い、

「ただ、万が一に備え、新兵衛は昨日の打ち合わせのように鳥越神社の境内に、京之進は鳥越神社を見通せる場所で待機だ。わしもそこにいる。ほんとうに、巳之助たちが『大城屋』に忍び込むようだったら三人で捕まえる」

「わかりました」

新兵衛と京之進は同時に頭を下げた。


その夜、剣一郎は京之進や太助とともに鳥越神社の鳥居の斜め前にある荒物屋の二階の部屋にいた。

京之進が荒物屋の亭主に掛け合い、部屋を借りたのだ。

太助が雨戸の隙間から鳥居のほうを見ている。

「今、女のひとが鳥居をくぐって行きました。お参りのようです」

太助が口にした。

「出て来ました」

しばらくして、また太助が言う。

「今夜が探りだとしたら、改めてどこかに忍び込むつもりでしょうか。やはり、『大城屋』に？」

京之進がきいた。

「いや、『大城屋』ではないだろう。『大城屋』なら、今夜捕り方が待ち構えていないとわかったら、忍んでもいいはずだ」

「あっ、男がやってきました」

太助の声に剣一郎は窓辺に寄った。

窓の隙間に目をやる。鳥居をくぐっていく男がいた。

「長蔵だ」

五つ半（午後九時）まで間がある。

「ふたりはここに来ない。この周辺を歩きまわり、捕り方がいないか調べるはずだ。もし、ふたりが現われたら、わしの見込み違いだ」

剣一郎は緊張した声で言う。

それから四半刻（三十分）経《た》った。鳥居をくぐっていく人影はなかった。常夜灯の明かりが寒々と灯っている。

さらに四半刻経った。そして、さらに四半刻。拍子木《ひょうしぎ》の音が聞こえてきた。木戸番の番太郎が四つ（午後十時）の見廻りに歩いているのだ。

「あっ、長蔵が出てきました」

太助が言う。

剣一郎は目をやる。

長蔵は鳥居の前で立ち止まり、後ろを振り返った。それからとぼとぼ鳥居をくぐり、長蔵は暗がりに消えた。

「どうしましょうか」

京之進がきいた。

どこに巳之助たちの目があるかわからない。

「このまま行かせよう」

「はい」

「作田さまが出てきました」

物貰《ものもら》いに化けた新兵衛が鳥居から出てきた。巳之助たちは現われなかったのだ。

「やはり、探りだったようですね」

京之進が呟《つぶや》いた。

「だが、これで長蔵への疑いは解消されたはずだ。もう一度やる」

剣一郎は自信をもって言った。

「太助、念のために『大城屋』の様子を窺《うかが》ってきてくれ」

「わかりやした」

太助は部屋を出て階段を下りて行った。

やがて、新兵衛がやって来た。

「現われませんでした」

「長蔵の様子はどうだった?」

「焦《じ》れていました」

「これで長蔵への疑いは晴れたはずだ。もう一度、どこかを狙うはずだ。長蔵と
うまく連絡をとってもらいたい」

「わかりました」

それからしばらくして、太助があわてたように戻ってきた。

「黒装束の男が『大城屋』の塀を乗り越えて外に出てきました。小柄な男です」

「おそらく猿の久助だろう。庭に捕り方が潜んでいないか、確かめたのだ」

剣一郎は言ってから、

「よし、我らも引き上げよう」

と、声をかけた。


翌日の昼過ぎ、新兵衛が与力部屋にやって来た。

「長蔵に会ってきました。やはり、今夜だそうです。しかも、忍び込む場所は『大城屋』だそうです」

「なに、『大城屋』だと？」

剣一郎は思わずきき返した。

「落ち合う場所も鳥越神社だそうです」

「昨夜の再現か」

剣一郎は呟き、

「京之進を呼ぼう」

と、見習い与力を同心詰所に遣わした。

すぐに京之進がやって来た。

剣一郎は今の話を伝えた。

「やはり、そうですか」

京之進もさして意外ではなかったようだ。

「今夜は『大城屋』に捕り方を配置したほうがよろしいのでは」

京之進は口にする。

「そうだな。昨夜の手筈をそのまま今夜も」

「はっ」

「『大城屋』のほうの了解をとり、気づかれぬように捕り方を潜り込ませねばならない。その手配は任せた」

「はっ。今夜は私も『大城屋』の庭で待ち伏せます」

京之進は気負って言う。

「私は境内で三人を待ちます」

新兵衛が口にしたが、

「念のためだ。昨夜と別の格好がよい」

と、注意をした。

「はっ」

ふたりは下がった。

どうも手が込んでいる。やはり、巳之助と猿の久助の背後に、鳥海甲斐守がいるのだ。実際に指図をしているのは家老の犬山喜兵衛に違いない。

だから、ふたりはこれほど用心深いのだ。

その後、宇野清左衛門と会い、今夜のことを話した。

「改めて、『大城屋』を狙うのか」

清左衛門は口元を歪《ゆが》め、

「奉行所を欺《あざむ》いたつもりだろうが、そうはいかぬ」

と、吐き捨て、

「思惑《おもわく》通りになったとほくそ笑んでいるかもしれぬが、『大城屋』の庭に捕り方がいたら、さぞかし目を剝《む》くことであろう」

「ただ」

剣一郎は浮かぬ顔で、

「私は巳之助と猿の久助の背後に鳥海さまがいることを考えると、ちょっと迷うのです。ご家老の犬山喜兵衛どのはかなりの切れ者です。犬山どのの策としては、また『大城屋』を狙うことはどこか違うような気がして」

「青柳どのの考え過ぎではないか」

清左衛門は剣一郎の疑問を否定した。

「昨夜、敵は『大城屋』周辺に捕り方の気配がなかったことを確かめたはずだ。つまり、長蔵は裏切っていないと考えたはず。今夜は安心して仕事が出来ると思っているのではないか」

「ならいいのですが」

「そうですね」

犬山喜兵衛は剣一郎が敵だとわかっているはずだ。剣一郎は探りだと気づくだろうという予想が立っていたら……。

犬山喜兵衛はそこまで読んでいるのではないか。

夕方、剣一郎は八丁堀の屋敷に帰り、太助を待った。

太助は今日も『長崎屋』にいて、おさきがやって来るのを待っているのだ。

太助が帰ってきたのは暮六つ（午後六時）になるころだった。

「きょうもおさきは現われませんでした」

剣一郎の前に来て、太助は口にした。

「そうか」

剣一郎は呟いてから、

「じつは、巳之助たちは今夜、改めて『大城屋』に忍び込むかもしれないのだ」

と、経緯を話した。

「まさか」

太助は首を傾《かし》げた。

「昨夜、黒装束の男が『大城屋』の塀を乗り越えてきたのです。捕り方がいないとわかったら、裏口を開け、巳之助と長蔵さんを引き入れることは出来ました。なにも一日待つことはありません」

「そう思うか」

「はい」

「よし、これから長蔵のところに行く。その前に軽く飯を食っていくのだ」

剣一郎と太助は湯漬《ゆづけ》をかきこみ、あわただしく屋敷を飛び出した。

芝の神明町に着いたときには六つ半（午後七時）を過ぎていた。長蔵の住む長屋に急ぐ。が、長屋に近づくと、剣一郎は辺りに気を配った。

巳之助と猿の久助がこの近くにいるかもしれない。長屋の木戸の前で剣一郎は立ち止まった。路地にひと影が動いた。

あわてて、剣一郎と太助は横の暗がりに身を隠した。

やがて、軽快な身のこなしの小柄な男が木戸を出て行った。猿の久助ではないかと、剣一郎は思った。

剣一郎と太助は木戸を入って行った。

そして、剣一郎は錠前の絵が障子に描いてある戸を開けた。

「青柳さま」

長蔵が立ち上がってきた。

「今、引き上げて行ったのは盗人《ぬすっと》のひとりか」

「そうです。狙いの変更を言いにきたんです。『大城屋』じゃありません」

長蔵は訴えた。

「どこだ?」

「四つ（午後十時）に新両替町《しんりょうがえちょう》一丁目の紙問屋『樽屋《たるや》』の裏で待ち合わせです」

「『樽屋』か」

剣一郎はふっと息を吐き、

「よし、そなたは相手の言うがままに動くのだ」

と、長蔵に言う。

「へい、そうします」

剣一郎は土間に出た。

「青柳さま。あっしが蔵前《くらまえ》まで一走りして植村さまにお知らせを」

「いや、自身番の者に行かせよう」

剣一郎と太助は新両替町一丁目の自身番に寄ってから、紙問屋『樽屋』を訪れた。大戸は閉まっていたが、潜《くぐ》り戸を叩き、名乗ってから中に入れてもらった。

「主人に会いたい」

剣一郎は手代ふうの男に言う。

手代が帳場格子に向かった。台帳を広げて算盤《そろばん》を弾いていた番頭らしい男に何事か囁《ささや》いた。

手代は奥に向かい、番頭は立ち上がって近づいてきた。

「青柳さま」

「番頭か。火急の用だ」

「どうぞ、こちらに」

番頭は店座敷の横の小部屋に通した。

やがて、五十前後と思える男がやってきた。

「主人の彦兵衛《ひこべえ》にございます」

男は挨拶《あいさつ》した。

「今夜、盗人が忍び込む」

「えっ？」

彦兵衛は息を呑んだ。

「どうした？」

「じつは半月ほど前に盗人が忍び込んだ形跡があるのです」

「盗人が？」

「はい。居間に置いてあった手文庫の五両がなくなっていました」

「奉行所には届けたのか」

「いいえ。五両だけなので、そのままに」

「豪気だな」

「いいえ。ほんとうに五両が手文庫に入っていたかどうかはっきりしなかったのです。それで、訴え出るのをやめたのです」

「では、盗人が入ったかどうかも定かではないのか」

「ただ、家内は手文庫に五両が入っていたのをはっきり覚えていたので、やはり盗人だろうと」

「そうか。今夜のは骨董品《こつとうひん》を専門に狙う盗人だ」

「骨董品？」

「土蔵に貴重な骨董品を保管しているか」

「ええ……」

「物は何か」

「それは……」

彦兵衛は言いよどんだが、

「宋代の青磁《せいじ》の香炉《こうろ》です」

と、顔を上げて言った。

「香炉か」

茶室に置いて香を炷《た》き、『芝夢』で茶を点《た》てる。ふと、そのような連想をしたが、すぐ現実に戻り、

「その香炉が狙いかわからぬが、賊は土蔵に忍び入るはずだ。そこで、頼みがある」

剣一郎は自分の考えを伝えた。

三

剣一郎と太助は土蔵近くにある炭小屋に忍んだ。底冷えがする。

四つを過ぎた頃、剣一郎は小屋を出た。丸い月が皓々《こうこう》と庭を照らしていたが、植込みのなかは漆黒《しっこく》の闇だ。剣一郎は植込みの中に潜んだ。

塀の上に黒い影が現われた。軽く飛ぶように庭に下り立った。黒い影は裏口に向かい、閂《かんぬき》を外した。猿の久助に違いない。

戸が開き、頬被《ほおかぶ》りをした黒装束のふたりの男が入ってきた。

ひとりは長蔵だ。細身の男は巳之助だろう。

三人は土蔵に進んだ。太助が裏口に行って、戸に閂をかけた。

細身の男が長蔵の背中を押した。長蔵はよろけながら土蔵に向かった。

三人が土蔵の前に着いたとき、剣一郎が植込みから飛び出した。

「そこまでだ」

剣一郎が声をかけると、巳之助と猿の久助が飛び上がって驚いた。

「誰だ？」

振り返って、巳之助が押し殺した声を出した。

「南町の青柳剣一郎である。観念せい」

「どうして……」

巳之助が茫然と言うと、

「長蔵、裏切りやがったな」

と、猿の久助が呻《うめ》くように言った。

「やっぱりさっさと殺しておけばよかったんだ」

猿の久助は続けた。

「殺すつもりだったのか」

剣一郎は顔をしかめた。

「そうか、『芝夢』を盗んだあと、おめえたちの様子がおかしかった。あんとき、俺を殺すつもりだったのか」

長蔵が憤然という。

「なぜ、そのとき殺さなかったのだ？」

剣一郎はあることを想像しながらきいた。

「…………」

「答えられぬならわしが言おう。そなたの雇い主がまだ使い道があるから生かしておけと言ったのではないか」

「うるせえ」

猿の久助は懐《ふところ》から匕首《あいくち》を取り出した。巳之助も匕首を構えた。

「無駄だ。怪我をするだけだ」

巳之助は匕首を振り回して強引に迫ってきた。

剣一郎は後ずさりしながら右に左に避け、相手の動きが一瞬止まったとき、素早く踏み込み、相手の胸倉を摑《つか》んで投げ飛ばした。

仰向けに倒れた腹部に拳《こぶし》を叩き込んだ。うっと呻き、巳之助は腹を押さえてのたうちまわった。

剣一郎は次に猿の久助に目をやった。

「そなたは猿の久助か」

猿の久助はいきなり塀に向かって駆け出した。太助が立ちふさがった。

「ちくしょう」

猿の久助は匕首を逆手に握って太助に襲いかかった。太助は腰を落として突進し、相手の腹を抱えるようにしていっしょに倒れた。

太助はすぐ起き上がった。地べたに頭を打ちつけたのか、猿の久助は倒れたままだった。

「太助、よくやった」

塀の外に人声が聞こえた。

太助は裏口に飛んで行き、閂を外した。

戸を開けると、京之進と新兵衛が入ってきた。

「これは」

京之進が倒れている頬被りのふたりを見つけた。

「ごくろう。巳之助と猿の久助だ」

捕り方が入ってきて、ふたりに縄をかけた。

「大番屋に連れて行きます」

京之進は言い、ふたりを引っ張って行った。

主人の彦兵衛が出てきた。

「やはり、忍び込んできましたか」

彦兵衛は眉根を寄せた。

「うむ、済んだ。もう心配いらぬ」

「ありがとうございます」

「つかぬことをきくが、青磁の香炉はなぜ、土蔵に仕舞ってあるのだ」

「万が一、火事や地震に見舞われたときの用心に……」

彦兵衛は目を伏せて言う。

「どういうときに使うのだ？」

「……」

「どうした？」

「じつはあまり使ってはおりません」

「なぜだ？」

剣一郎は彦兵衛の答え方に疑問を感じてきいた。

「別に意味は……」

「どこから手に入れたのだ？」

「……」

「いいにくいのか」

「いえ」

彦兵衛は溜め息をついてから、

「六年前ほど前に、今はなき『大和屋』からです」

「『大和屋』？　五年前に闕所《けっしょ》になった『大和屋』か」

「はい」

「『大和屋』のことはどうして知ったのだ？」

「旗本《はたもと》の鳥海甲斐守さまに教わりました」

「なに、鳥海甲斐守……」

「はい。で、『大和屋』が持ってきた青磁の香炉が気に入り、値は張りましたが、思い切って買い入れました。ところが、それから一年後に盗品を扱っていたということで『大和屋』が闕所に」

彦兵衛は渋い顔をし、

「その後、私が手に入れた青磁の香炉は盗まれたものらしいことがわかったのです。もし、奉行所がこの件でやってきたら差し出すつもりでしたが、現われなかったのでそのままに。ただ、見つかっても困ると思い、土蔵に仕舞ったままに」

「なるほど。すると、そなたが青磁の香炉を持っていることは、あまり世間には知られていないのだな」

「ほとんど知らないはずです」

「そうか」

彦兵衛が体を震わせた。

「寒いな。参考になった」

「あの」

彦兵衛は遠慮がちにきいた。

「青磁の香炉はどうなるのでしょうか」

「そなたは盗品と知らずに買い求めたのだな」

「はい。知りませんでした」

「ほんとうに盗品かどうかもわからぬ。それを調べきれるかどうか。今後の調べによるが、しばらくはそのままにするがいい」

「はい」

「ただ、土蔵に隠しておくだけでは宝の持ち腐れだ。では、わしが出て行ったあと、戸締まりをしっかりと」

剣一郎と太助は『樽屋』から大番屋に急いだ。

京橋《きょうばし》を渡り、竹河岸《たけがし》から楓川に差しかかったとき、突然怒声が聞こえた。

太助と顔を見合わせ、剣一郎は騒ぎのほうに駆けた。

京之進が血相を変えて走ってきた。

「どうした？」

「いきなり暗がりからふたりの賊《ぞく》が襲ってきたんですが」

「なに」

「巳之助だけは取り押さえましたが、猿の久助に逃げられました。追ったのですが、見失いました」

「どんな賊だ？」

「ひとりは侍でした。ふたりとも黒い布で顔を覆《おお》っていました。申し訳ありません」

「いや、仲間の襲撃を予期しなかったわしの責任だ。だが、巳之助だけでもよく守った。巳之助を問い詰めるのだ」

「はっ」

改めて、巳之助を大番屋に連れて行った。

大番屋に着くと、巳之助を莚《むしろ》の上に座らせ、京之進が取り調べをはじめた。

「さっきの賊は何者だ?」

「知りません」

「見知らぬ男がおまえたちを助けようとしたのか」

「さあ」

巳之助はとぼける。

「猿の久助はどこに逃げた?」

「そんなこと知るわけありません」

巳之助は口元を歪めた。

「今宵、『樽屋』に忍んだのは何を狙ったのだ?」

「決まっているじゃないですか。金ですよ」

巳之助を冷笑を浮かべた。

「おまえと猿の久助は骨董品専門の盗人だ」

「大金が欲しくなったんですよ」

「まだとぼけるつもりか」

京之進は溜め息をつき、剣一郎を見た。

「代わってくれ」

剣一郎は巳之助の前に出た。

「そなたは、旗本の大貫佐賀守さまの屋敷の土蔵に忍び込み、『芝夢』という天目茶碗を盗んだな。否定してもむだだ。長蔵が見ている」

「…………」

巳之助は口元を歪めた。

「今夜の狙いはなんだ？」

「だから金ですよ」

「違う、青磁の香炉だ」

剣一郎は言い切った。

巳之助は顔色を変えた。

「図星のようだな」

「そんなもの知りませんぜ」

「誰に頼まれた？」

「金を盗むのに誰からも頼まれませんよ」

「『芝夢』は誰に頼まれて盗んだのだ？」

「自分が欲しいから盗んだんですよ」

「では、『芝夢』は今どこにある？」

「もう金に換えましたから」

「誰に売ったのだ？」

「忘れました」

「鳥海甲斐守さまではないのか。実際は家老の犬山喜兵衛に渡した」

「……………」

「そなたは『大和屋』の辰五郎を介して鳥海甲斐守さまとつながっていたはずだ。『芝夢』を盗んだのは鳥海さまの依頼だ」

「あっしには何のことかわかりません」

巳之助はとぼける。

「猿の久助は長蔵のことを、やっぱりさっさと殺しておけばよかったんだと言ったな。長蔵を殺すことを止めた者がいたのだな。誰が止めたのか」

「……………」

「そもそも、そなたは錠前破りの名人を探していて、長蔵のことを知ったのだろう。母家だけしか狙わないそなたたちが長蔵を探したのは、『芝夢』が土蔵の中にあるからだ。『芝夢』を奪うためには錠前破りが必要だったというわけだ」

「………」

「そうまでして、なぜ『芝夢』を奪わねばならなかったのか。それは、鳥海甲斐守さまに頼まれたからとしか考えられぬ」

「頼まれちゃいません」

「頼まれなければ、長蔵の手を借りようなどと思わなかったはずだ。そして、もうひとつ、鳥海さまから頼まれたのは『樽屋』が持っている青磁の香炉だ」

剣一郎は巳之助の顔を見据え、

「『樽屋』に一度、盗人が入り、手文庫にあった五両が盗まれたことがあったそうだ」

「………」

「そなたたちではないのか」

「五両なんて、そんなしけた盗みなどしませんぜ」

「いや、青磁の香炉を盗むためだ。そなたは香炉は居間か寝間の床の間に置いてあるものと思ったのだろう。だが、どこにもなかった。それで五両だけ盗んで退散したのではないか」

剣一郎は続ける。

「『樽屋』は青磁の香炉を土蔵に仕舞っているのではないかと、鳥海さまから聞き、もう一度、長蔵を誘ったのだ」

「あっしは『樽屋』に青磁の香炉があることなど知りませんぜ」

「そうだ、知らなかったであろう。だから、鳥海さまから聞いたとしか考えられぬ。また鳥海さまから頼まれたのだ」

「………」

「猿の久助は『芝夢』を盗んだあと、長蔵を殺そうとした。自分たちの顔を見られているからだ。それをやめさせたのは鳥海さまだろう。まだ、土蔵に忍び込まねばならないことがあると思ったからだ」

巳之助が顔を背《そむ》けた。

「巳之助、話は変わる」

剣一郎は息継ぎをし、

「そなたたちは五年前まで骨董屋の『大和屋』に盗品を納めていたのだな。『大和屋』はいつも高値で買い取ってくれた。『大和屋』の辰五郎はそれらを大名や豪商に売っていたのだ。客は鳥海さまが探したのではないか」

「『大和屋』なんて知りません」

「では、盗んだ品はどこに持ち込んだ？」

「…………」

「言えぬか」

「迷惑がかかりますからね」

「もう『大和屋』はないんだ。『大和屋』が闕所《けっしょ》になったとき、奉行所は盗品を持ち込んでいた盗人を見つけ出すことは出来なかった。今更、そなたたちが『大和屋』に盗品を納めていたという証など見つけ出すのは無理だ。だったら、『大和屋』のことを正直に口にしても困ることはないはずだ。それなのに、『大和屋』とのことを否定するのは、鳥海さまとの関わりを隠したいためだ。違うか」

「あっしは『大和屋』など知りません」

「巳之助、これを見ろ」

剣一郎は懐から十二支の画を取り出した。

「これは辰五郎が盗品売買の仲間を描かせたものだ。ここに頬被りした蛇と猿がいるな。これがそなたと猿の久助だ」

剣一郎は画の説明をした。

「辰五郎はこれを残していたのだ」

「…………」

巳之助は口をあんぐりさせた。

「そなたたちは『大和屋』に出入りしていたな」

剣一郎は間を置き、

「『大和屋』が闕所になる前、辰五郎が金を隠したことを知っているな」

「知りませんよ」

巳之助はかぶりを振った。

「番頭の馬之助、手代の亥之助とは顔なじみのはず」

「…………」

「どうなんだ？」

「知りません」

「まだ、とぼけるのか」

剣一郎は声を高め、

「馬之助と亥之助は殺された。下手人は下働き兼用心棒の寅次という、鳥海さまから遣わされた男だ。この寅次は自分を死んだと見せかけるために、同じ寅次という名の日傭取りの男を殺している。邪魔者や役に立たなくなった者を平気で始末するほどの残忍な男だ。そなたたちも例外ではない」

「……………」

巳之助が不安そうな顔をした。

「そなたや猿の久助はもはや邪魔者でしかない。何を喋《しゃべ》られるかもわからない。だから、そなたが今夜無事に青磁の香炉を盗み出したら、もう用済みとなり、寅次の刃がそなたたちに向かっていったに違いない」

剣一郎はあえてそういう言い方をした。

「脅《おど》したってむだですよ」

巳之助は受け流すように言う。

「ほんとうにそう思うか」

「その手には引っ掛かりません」

「そなたたちは利用されているだけだ。鳥海さまから助けがくると思ったら大間違いだ」

「さっき助けが……」

巳之助は言いさした。

「やはり、さっきの賊は鳥海さまが送りこんだのだな」

「そうじゃねえ」

巳之助はあわてて言う。

剣一郎は巳之助の顔をまっすぐ見つめ、

「よく考えてみろ。鳥海さまをかばって何かいいことがあるのか」

「…………」

「いいか。いくら鳥海さまでも、もはやそなたを助け出すことは出来ぬ。相棒の猿の久助は逃げ延び、そなたは小伝馬町《こでんまちょう》の牢《ろう》送りだ。そして、おそらく死罪だろう。鳥海さまたちも猿の久助も、そなたのことを忘れ、これからも江戸で面白おかしく暮らしていくのだ」

「…………」

巳之助は何か言い返しかけたが、声にならなかった。

剣一郎は俯《うつむ》いている巳之助に、

「そなただけ割が合わない。それでいいのか」

と、迫った。

「仕方ありません」

「仕方ない？」

巳之助は口を真一文字に閉ざした。

「そなたはなぜ盗人になったのだ？」

「…………」

「猿の久助とはどういう関係だったのだ？」

やはり、巳之助は答えようとしなかった。

「まあいい。今夜、一晩、よく考えるのだ」

剣一郎は言い、仮牢に戻した。

「猿の久助を助け出した賊は鳥海さまの家来の川下和之進と寅次ではないかと思える。久助は鳥海さまの屋敷に匿《かくま》われているかもしれぬ」

剣一郎は京之進と新兵衛に言う。

「明日、鳥海さまの屋敷を見張ります」

京之進は目をぎらつかせ、

「猿の久助、必ず見つけ出します」

と、呻くように言った。

巳之助は思いの外しぶといと思わざるを得なかった。そのしぶとさは鳥海甲斐守のためではない。猿の久助を守ろうとしているのだ。猿の久助が逃げたことで満足なのかもしれない。剣一郎はふたりの深い絆《きずな》を感じて、思わず溜め息をついた。巳之助は口を割らないかもしれないと。

四

翌朝、出仕した剣一郎は年番方与力部屋に赴《おもむ》き、宇野清左衛門に会って昨夜のことを話した。

「猿の久助を助け出したのは、鳥海さまの家来の川下和之進と寅次ではないかと思っています。証はありません」

「猿の久助は鳥海さまの屋敷に匿われているかもしれぬのだな」

清左衛門は顔をしかめて言う。

「はい。そして、『芝夢』も」

「うむ。屋敷に踏み込めたら、一切が明らかになるのだが」

「ええ。証がなく、残念です」

「巳之助を自白させることが出来たらどうだ？」

「仮に自白したとしても、鳥海さまは否定するでしょう。そこを突き破るまで行きそうもありません」

「そうか」

清左衛門は溜め息をついてから、

「ただ、青磁の香炉が鳥海さまに渡らなかったことはよかった。それにしても、鳥海さまは『芝夢』をどうするつもりだ。へたにひとに見せたら、自分が盗んだと知らせるようなものだ。始末に困るのではないか」

「おそらく、折を見て、老中深見美濃守さまに贈るのではないでしょうか。盗人から買い取ったと言い」

「しかし、それでは大貫さまは黙っていまい」

「それより先に美濃守さまに渡っていたら、大貫さまも何も言えないでしょうから」

「なんと狡猾《こうかつ》なことよ」

清左衛門は忌《い》ま忌ましげに言う。

そのとき、見習い与力が駆け寄ってきて、

「失礼いたします」

と、声をかけた。

「何事か」

清左衛門が言う。

「青柳さまに植村京之進さまからの言伝《ことづ》てを。昌平橋《しょうへいばし》の近くで、猿の久助らしき斬殺死体が見つかったとのことでございます」

「なんと」

剣一郎は衝撃を受けた。

「宇野さま、すぐに行ってみます」

清左衛門の前を下がり、剣一郎は奉行所を飛び出した。

半刻（一時間）後に、剣一郎は昌平橋の袂《たもと》にやって来た。

神田川の上流のほうにひとだかりがしていた。その中に、京之進の姿があった。足元にひとが倒れている。

剣一郎が近づくと、京之進が振り返った。

「青柳さま、ご覧ください」

そう言い、場所を空《あ》けた。

剣一郎は手を合わせてからホトケを見た。小柄な男で、顔も小さい。袈裟《けさ》懸《が》けに斬られていた。

「猿の久助だ。死んでから半日近く経っている」

「ええ、昨夜の賊が殺したのですね」

「助けるためではなく、口封じのために最初から殺すつもりだったのだ。鼠《ねずみ》のような顔をした川下和之進の仕業であろう」

剣一郎はそう言ってから、

「巳之助のところに行ってみる」

「わかりました。ここが片づき次第、私も大番屋に行きます」

「うむ」

剣一郎はその場を離れた。

大番屋に着き、巳之助を仮牢から呼び出した。

巳之助は素直に莚の上に座った。

「どうだ、よく考えたか」

剣一郎はきく。

「あっしの気持ちは変わりません」

「そうか」

剣一郎は頷き、

「そなたに知らせることがある」

剣一郎が切り出すと、巳之助は不安そうな顔をした。

「今朝、昌平橋の近くで猿の久助の死体が見つかった」

「青柳さま。あっしをだまして……」

巳之助は途中で声を止めた。

「まさか」

「そのまさかだ。昨夜の賊はそなたたちを助けに来たのではない。口封じのためだ」

「どうして……」

巳之助は声を震わせた。

「猿の久助とはどうして知り合ったのだ?」

「あっしが本郷《ほんごう》の骨董屋に奉公しているときによく客で来ていたんです。あるとき、お店で売上げの勘定が合わないことがあって、あっしが疑われたんです。疑いはすぐ晴れたのですが、それからは何かあるたびにあっしに疑いが。そんな理不尽な仕打ちに耐えきれずにいたとき、久助が声をかけてくれて。それで、店をやめて……」

「久助に誘われて盗人の道に入ったのか」

「そうです、骨董の目利きが出来たので」

「では、久助が主導して骨董品専門に盗みを続けたのか」

「はい」

「『大和屋』とのつながりはどうして？」

「鳥海さまが久助に教え、それであっしが近づきました」

「久助は鳥海さまとはどういう縁で？」

「はっきり言いませんでしたが、久助は鳥海さまの屋敷に忍び込んだことがあったようです。そこで見つかったかして」

「盗みに失敗したが、許してもらった。そこでつながりが出来たのか。利用出来ると思って見逃したのであろう。なるほど、これでわかった。久助は、『大和屋』と鳥海さまの関係をすべて知っていた。だから、口封じをする必要があったのだ」

「ちくしょう、利用するだけ利用して、邪魔になったら殺すなんて」

「殺したのは川下和之進と寅次だ。どうしてふたりはあの近くにいたのだ？」

「盗んだ青磁の香炉を受け取るために近くで待っていたんです」

「そうだったか。だが、そのためだけではないようだ」

「…………」

「香炉を受け取ったあと、長蔵も含め、そなたたちをいちどきに始末するつもりだったのではないか」

「きたねえ」

鳥海甲斐守は老中深見美濃守への賄賂《わいろ》攻勢によりお役に就くことが見えてきた。これ以上、危ない橋を渡る必要はなくなったのだ。

京之進が駆けつけてきた。

「いかがですか」

「巳之助はすべて話してくれた」

「そうですか」

だが、巳之助の証言だけでは鳥海甲斐守を追及するには弱かった。それに、まだ辰五郎の隠し金の件が解明出来ていない。

あとを京之進に任せ、剣一郎は大番屋を出た。

半刻（一時間）足らずで、剣一郎は上野新黒門町の『長崎屋』の前にやってきた。ちょうど、『長崎屋』から二十三、四歳と思える女が出てきた。

女は下谷広小路を上野山下のほうに向かった。『長崎屋』から太助が出てきて、女のあとをつけていく。

剣一郎は太助のあとを追った。

太助は上野山下から入谷《いりや》に向かった。ときおり北風が頬を殴《なぐ》りつけるように強く吹いた。下谷《したや》坂本町《さかもとちょう》を経て三ノ輪《みのわ》に近づいた。さらに先に行き、下谷通新町《とおりしんまち》に入った。

大きな寺の脇にある一軒家が見通せる場所に太助が立っていた。

「太助」

剣一郎が声をかけると、太助は飛び上がった。

「青柳さま」

「『長崎屋』の前からそなたをつけてきた。おさきか」

「はい、おさきです」

「よし、訪ねてみよう」

「はい」

剣一郎と太助はその一軒家に行った。格子戸の前に立ち、中の様子を窺う。物音ひとつしない。

太助が格子戸に手をかけ、

「ごめんください」

と、声をかけて開けた。

土間に入ると、さっきの女が出てきた。

剣一郎の顔を見て、はっと顔色を変えた。

「おさきだな」

剣一郎はいきなり言い、

「丑松を呼んでもらいたい」

と、続けた。

「いっしょにいることはわかっている。出してもらおうか」

剣一郎は有無を言わさずに迫った。

奥で物音がした。おさきは青ざめた。

「いつまでも隠れ潜んでいるわけにもいくまい」

軽く会釈をして、おさきは奥に引っ込んだ。

少し待たされたが、おさきと三十歳過ぎの男が出てきた。

「丑松か」

「はい、丑松です」

「これを屋敷に届けたのはそなたか」

剣一郎は十二支の画を見せた。

「事情を話してもらおう」

「どうぞ、お上がりください」

おさきが勧めた。

「わかった」

剣一郎は腰の物を外し、部屋に上がった。太助も続く。

庭に面した部屋に通され、丑松と向かい合った。

「この画のおかげで事件の真相が見えてきた」

「…………」

「だが、そなたが姿を晦《くら》まさず、すべてを打ち明けてくれたら、もっと早く事件を解明出来た」

「申し訳ありません」

「なぜ、わしがここを突き止められたか、わかるな」

「はい」

「姿を隠していたのは、辰五郎の隠し金に手をつけたことが負い目になっていたのか」

「はい。信頼してくれていた辰五郎の旦那を裏切る真似をして……」

「丑松さんが悪いんじゃありません。丑松さんは私のために……」

「人助けであろうが、他人から預かっていた金に手をつけたことには変わりない。それに好きな女子《おなご》のために使ったのは人助けと言えまい。自分のために使ったも同然」

「仰るとおりです」

「辰五郎の隠し金はどこにある?」

「鳥海甲斐守さまのところです」

「鳥海さまが奪っていったのか」

「いえ。旦那は三千両を鳥海さまのお屋敷の土蔵に隠したのです。あっしはその証文を預かっていました」

「証文？」

「はい。旦那は恩赦《おんしゃ》で江戸に戻ったあと、鳥海さまから金を返してもらい、また商売をはじめるつもりでした。番頭の馬之助さんや手代の亥之助さんもそのときを待っていたのです」

　丑松は息を継いで、

「ところが旦那が急死して……。それで馬之助と亥之助さん、そして寅次が私のところにやってきて、話し合いをし、まず三千両を鳥海さまから返してもらうように馬之助さんと亥之助さんが家老の犬山喜兵衛さまに申し入れました。すぐに返すという話でしたが、亥之助さんが殺され、続いて馬之助さんが殺された。殺《や》ったのは寅次だとわかりました。寅次は鳥海さまから遣わされた男です。次に狙われるのはあっしです」

「それだけなら、十二支の画を届けるだけでなく、わしに助けを求めればよかった。それが出来なかったのは、隠し金を使い込んだからだということだったが、三千両以外にも預かった金があったのか」

「はい。他の者には内緒で、五百両を預かりました。旦那はもし江戸に戻れなかったら、この金をおすみに渡してくれと」

「辰五郎のかみさんにか」

「はい。これはまっとうな商売で貯めた金だ。あいつにはひどいことをした。俺が江戸に戻ったら自分で渡すが、万が一のときはおまえから渡してくれと。その金に手をつけてしまったのです」

「だからわしに保護を求められなかったのか」

「はい」

「これからどうするつもりでいたのだ？　これからもその金を取り崩していこうと思っていたのか」

「…………」

「どうなんだ？」

「ほんとうは親方のところに戻りたいんです。働いて金を稼いで、おさきさんたちの面倒を……」

「なぜ、そうしないのだ？」

「命を狙われていますから」

「逃げだ」

「…………」

「闘うのだ。逃げ回ってばかりでは何も解決しない」

「はい」

丑松は俯いた。

「辰五郎の金を預けているという証文は持っているのか」

「いえ、鳥海さまと話し合いに行くために馬之助さんに渡したんです。おそらく、証文は奪われたかと」

「そうか。それで、そなたを血眼《ちまなこ》になって探そうとしなかったのかもしれぬな。万が一、そなたが奉行所に訴えたとしても、知らぬ存ぜぬで逃げきれると考えたのであろう」

やはり決め手に欠ける。証になるものが欲しい。

「辰五郎はなかなか疑い深い男だったようだ。そんな男が鳥海さまを信じてあっさり金を預けたのだろうか。もし、鳥海さまが自分のものにしようと企んだときのことを考えなかったのか」

剣一郎は厳しい顔になり、

「丑松、敵と闘う覚悟はあるか」

「はい、もう逃げません」

「よし。では、わしの言うとおりに文《ふみ》を書くのだ」

「わかりました」

「太助、そなたには、その文を鳥海家の家老犬山喜兵衛どのに届けてもらいたい。丑松の使いだと言ってな」

「畏まりました」

「これしか相手を追い詰める術《すべ》はない」

剣一郎は激しい敵愾心《てきがいしん》を燃やした。

五

翌日の夕暮れ、西の空は赤く染まっていた。

下谷通新町にある丑松の家に武士が訪れた。家老の犬山喜兵衛だ。喜兵衛は庭に面した部屋に通されて、丑松と差し向かいになった。

「丑松か」

「へい、丑松にございます」

「そなたの使いがやってきた。まさか、そなたから連絡を寄越すとは思わなかった」

「じつは、あっしが例の証文をずっと持っていたんです。その証文といっしょに辰五郎の旦那が認《したた》めた文も預かってました」

「辰五郎はなぜ文を？」

「へい。じつは旦那はご存じのようにとても用心深い性分でして、万が一にも鳥海さまが預かった三千両を返してくれないことを考えて、文を認《したた》めてあっしに預けたのです」

「その文はどこにある？」

「心配いりません。ちゃんと仕舞ってあります」

「どんなことが書いてあるのだ」

「鳥海さまが好意で三千両を預かってくれたことを謝しながらも、いざというときに備え、鳥海さまが猿の久助らを使って骨董品を盗み、『大和屋』を介して売りさばいて莫大《ばくだい》な儲《もう》けを得ていたことが書かれています」

「どうも何かの間違いのようだ。そのような事実はない」

「じゃあ、おおそれながら奉行所に訴え出てもよろしいのですね」

丑松は強気に出る。

「構わぬ。だが、その前にどのようなものか見せてもらおうか」

「いえ、百両いただかねば」

「見るだけだ」

「お渡ししたとたんに、いきなり引き裂かれたらこっちも困りますので」

丑松は平然と応じている。

「なぜ、今になって、取引を持ちだしたのだ？」

「あっしも逃げ回っているのに疲れたのです。それに、金も必要になりまして」

「文はここにあるのか」

喜兵衛は気にしていた。

「あります」

「そうか、どんなものか見てみたかったが、見せられないというなら仕方ない」

喜兵衛は立ち上がった。

「いいんですかえ」

「どうせ書かれていることは出鱈目《でたらめ》だ。好きにしろ」

喜兵衛は部屋を出て行った。

今のやりとりを、剣一郎は隣の部屋で聞いていた。喜兵衛は文の中身を気にしていた。そのまま引き上げたのは何か魂胆があるからだ。

喜兵衛が出て行ってから、庭の雨戸の外れる音がした。黒い布で顔を覆った侍と尻端折《しりはしょ》りをした男が障子を開けて廊下から入ってきた。

「誰だ？」

丑松が怒鳴る。

「辰五郎の文を出してもらおう」

尻端折りをした男が匕首を出した。

「やっ、おまえは寅次じゃないか。辰五郎の旦那の用心棒をしていた」

「気づいたか」

寅次は苦笑した。

「おまえは殺されたはずだ」

「あれは別人の寅次だ。馬之助、亥之助、それにおまえまで死んで、俺だけ生きていたら疑われるからな」

「おまえが馬之助さんと亥之助さんを殺したのか」

「そうだ。おめえも殺すはずだったが、うまく逃げられた。探したが、見つけ出せなかった。それがおめえから出てくるとはな」

寅次は含み笑いをし、

「ここで死んでもらうぜ」

と、匕首をかざした。

「そこまでだ」

襖を開け、剣一郎が飛び出した。

「騙《だま》したのか」

寅次は目を剝いた。

「寅次。馬之助、亥之助、そして日傭取りの同名の寅次殺しの疑いがある。それから、そのほうは川下和之進であろう。先日、猿の久助を斬った」

「おのれ」

川下和之進が剣を抜いた。

「いつぞや柳原の土手で襲ってきたな」

「…………」

和之進は正眼《せいがん》に構えたが、剣一郎が鯉口《こいぐち》を切ると、後退《あとずさ》った。

「顔を覆っている布をとるのだ。顔を見てみたい」

「なにを」

和之進は横一文字に斬りつけた。剣一郎は素早く抜刀して相手の剣を下から撥《は》ね上げ、すぐに相手の顔面目掛けて切っ先を向け、顔の布を裂いた。

三十歳ぐらいで、鼻より顎《あご》が前に出て額《ひたい》が広い。鼠のような顔だ。

寅次が匕首を逆手にとって構えた。そのとき、庭から人声が聞こえ、寅次の動きが止まった。

庭から京之進をはじめ、捕り方が入ってきた。

「観念せい」

たちまち、ふたりは捕縛された。

そこに、家老の犬山喜兵衛が駆け込んできた。

「青柳どの。いったいこれはどういうことか」

「このふたりは丑松を殺そうとしたので捕縛しました」

「何かの間違いだ。このふたりがそのようなことを……」

「では、なぜ、このふたりがここに？　それも顔を隠して」

剣一郎は喜兵衛に向き合い、

「犬山どの。このふたりには一連の殺しの疑いもあります。背景に、辰五郎が隠した金のことが絡《から》んでいます。鳥海さまは辰五郎から預かった三千両を老中深見美濃守さまへの賄賂に使ったのではありませんか」

「なにを言うか」

喜兵衛はうろたえた。

「同じようにお役に就きたいがために、老中に取り入っている大貫佐賀守さまの足を引っ張るために、『芝夢』を盗んだ。さらに香炉までも……」

「出鱈目だ」

喜兵衛は声を震わせた。

「どうぞお帰りになり、鳥海さまと相談してください。もはや言い逃れは出来ません。このままでは鳥海家は……」

俯いて歯嚙《はが》みをしていた喜兵衛は顔を上げ、

「辰五郎の文は出鱈目だな。みんな貴様の企みか」

と、叫んだが声に力はなかった。

二日後、剣一郎は宇野清左衛門と共に長谷川四郎兵衛と向かい合った。

「大貫佐賀守さまのところに無事、『芝夢』が返った。お奉行も面目《めんもく》を施され、ほっとされていた」

四郎兵衛は満足そうに言う。

「今日が茶会の日ですね」

剣一郎は言い、

「茶会のあと、『芝夢』が賄賂として老中深見美濃守の手に渡るのでしょう。釈然としません」

と、不快な思いを示した。

「いや、大貫さまも鳥海さまのことがあり、賄賂を贈ることを控えるそうだ。老中も、事件の背景に自分がいたことを反省し、茶会への出席も見合わせるとのこと」

「そうですか」

剣一郎はほっとした。

「鳥海さまは評定所にて裁かれることになるが、おそらく死罪は免れぬであろう」

清左衛門は言う。

「お家も取り潰しでしょう」

剣一郎は鳥海甲斐守の家族や家来のことを思い、やり切れなくなった。

「いずれにしろ、青柳どの、よくやった。お奉行も喜んでおられた」

剣一郎に冷淡な四郎兵衛が珍しく讃えた。


師走二十日、きょうは神田明神の年の市で境内にはしめ飾りや正月の祝い道具を売る店が出て、にぎやかだ。

剣一郎は池之端仲町のおすみの家を訪れた。

棒手振りの新助が部屋に上がっていた。

「青柳さま」

おすみが上がり框まで出てきた。

「丑松さんからお金を受け取りました。四百両以上も」

「そうか。丑松は残りをすべてそなたに渡したのか」

「半分は丑松さんのものだからと返そうとしたのですが、受け取ってくださらなくて」

「辰五郎がそなたのために残したものだ。その金は辰五郎が正当な商売で稼いだ金だそうではないか。遠慮なく受け取っておくのだ」

「はい。じつはもうそのつもりで、『大和屋』を起こすことに」

「『大和屋』を？」

「はい。骨董屋は出来ませんが、小商《こあきな》いの道具屋を。その店で新助さんに働いてもらおうと、いま頼んでいるところなんです。いずれ、その店は新助さんのものに」

「おかみさん、もったいない話です。あっしなんかに」

新助は身を竦《すく》めた。

「新助、おすみはそなたを見込んで言うのだ。おすみを助けてやったらどうだ？　その店にそなたが住み込めば、お互いにとってもいいではないか」

剣一郎も説き伏せるように言う。

「こんないい話を受けて、罰が当たりませんか」

新助はおそるおそるきく。

「そなたが真面目に一生懸命働く姿をお天道様はちゃんと見ていたのだ。罰など当たるはずない」

「ありがとうございます」

まるで、太助を見ているようだと剣一郎は思った。

「新助さん、じゃあ、いいんだね」

「ええ、おかみさん、よろしくお願いいたします」

剣一郎はふたりと別れ、下谷広小路に出た。

これから、丑松のところに行くつもりだ。丑松はおさきと所帯を持ち、今までいた長屋を引き払い、亀沢町にある二階建ての長屋でおさきの母親もいっしょに暮らしはじめ、近くにある畳屋『勝又』に再び通うようになった。

両国橋を渡りはじめたとき、本所のほうから太助が歩いてくるのに出会った。

剣一郎は思わず顔を綻《ほころ》ばせていた。

さっきからずっともの足りなさを覚えていたが、太助がいなかったせいだったのだ。剣一郎に気づき、太助が駆けてくる。剣一郎も弾んだ気持ちで太助を迎えた。

一〇〇字書評

隠し絵

切り取り線

購買動機（新聞、雑誌名を記入するか、あるいは○をつけてください）

□（　　　　　　　　　　）の広告を見て	
□（　　　　　　　　　　）の書評を見て	
□ 知人のすすめで	□ タイトルに惹かれて
□ カバーが良かったから	□ 内容が面白そうだから
□ 好きな作家だから	□ 好きな分野の本だから

・最近、最も感銘を受けた作品名をお書き下さい

・あなたのお好きな作家名をお書き下さい

・その他、ご要望がありましたらお書き下さい

住所	〒				
氏名		職業		年齢	
Eメール	※携帯には配信できません	新刊情報等のメール配信を 希望する・しない			

この本の感想を、編集部までお寄せいただけたらありがたく存じます。今後の企画の参考にさせていただきます。Eメールでも結構です。

いただいた「一〇〇字書評」は、新聞・雑誌等に紹介させていただくことがあります。その場合はお礼として特製図書カードを差し上げます。

前ページの原稿用紙に書評をお書きの上、切り取り、左記までお送り下さい。宛先の住所は不要です。

なお、ご記入いただいたお名前、ご住所等は、書評紹介の事前了解、謝礼のお届けのためだけに利用し、そのほかの目的のために利用することはありません。

〒一〇一-八七〇一
祥伝社文庫編集長　清水寿明
電話　〇三（三二六五）二〇八〇

祥伝社ホームページの「ブックレビュー」からも、書き込めます。
www.shodensha.co.jp/bookreview

祥伝社文庫

隠《かく》し絵《え》　風烈廻《ふうれつまわ》り与力《よりき》・青柳剣一郎《あおやぎけんいちろう》

令和 4 年 1 月 20 日　初版第 1 刷発行

著　者　小杉健治《こすぎけんじ》
発行者　辻　浩明
発行所　祥伝社《しょうでんしゃ》
東京都千代田区神田神保町 3-3
〒 101-8701
電話　03（3265）2081（販売部）
電話　03（3265）2080（編集部）
電話　03（3265）3622（業務部）
www.shodensha.co.jp
印刷所　堀内印刷
製本所　積信堂
カバーフォーマットデザイン　中原達治

Printed in Japan ©2022, Kenji Kosugi　ISBN978-4-396-34786-4 C0193

祥伝社文庫　今月の新刊

安東能明
境界捜査

こざわたまこ
君には、言えない

沢里裕二
帝王に死を　悪女刑事《デカ》・黒須路子

小杉健治
隠し絵　風烈廻り与力・青柳剣一郎

長谷川　卓
雨乞《あまごい》の左右吉《そうきち》捕物話

国際小包から大麻と覚醒剤が見つかる。生活安全特捜隊が捜査するが、本来は組織犯罪対策部の所管で――。組織の壁に挑む警察小説。

元恋人へ、親友へ、母の再婚相手へ――憧憬、後悔、反発……あの日、言えなかった〝君〟への本当の気持ちを描く六つの短編集。

恐喝、拉致、暴行当たり前！　闇の暴力装置が暴走を始めた。芸能界の暗部を探るため、悪女刑事が潜入捜査を開始する！

宝の在《あ》り処《か》か、殺人予告か、それとも――？　見知らぬ男から託された錦絵の謎。そこに描かれた十二支の正体とは？

下っ引きの左右吉は、顔馴染みの掏摸《すり》から仲間殺しの下手人探しを頼まれ、探索に乗り出す。しかし、なぜか親分から止められ――。